W0283103

Collection dirigée par Glenn Tavennec

L'AUTEUR

Né en 1974, Olivier Adam est l'auteur de nombreux livres parmi lesquels *Je vais bien, ne t'en fais pas* (Le Dilettante, 2000) et, aux éditions de l'Olivier, *Passer l'hiver* (Goncourt de la nouvelle 2004), *Falaises*, *À l'abri de rien* (prix France Télévisions 2007 et prix Jean-Amila-Meckert 2008), *Des vents contraires* (prix RTL-Lire 2009) et *Le Cœur régulier*. Il a publié aux éditions Flammarion *Les Lisières* (2012), *Peine perdue* (2014), *La Renverse* (2016), *Chanson de la ville silencieuse* (2018), *Une partie de badminton* (2019) et *Tout peut s'oublier* (2021).

Il est également auteur de romans pour la jeunesse parus aux éditions L'École des loisirs : *On ira voir la mer* (2002), *La Messe anniversaire* (2003), *Sous la pluie* (2004), *Comme les doigts de la main* (2005), *Ni vu ni connu* (2009) et *Personne ne bouge* (2011).

Plusieurs de ses livres ont été adaptés au cinéma, dont son premier roman, *Je vais bien, ne t'en fais pas*, primé aux Césars en 2007, *Poids léger*, *Des vents contraires* et *Le Cœur régulier*. Scénariste, il a participé à l'écriture du film *Welcome*.

Ses précédents romans jeunes adultes parus dans la collection R, *La Tête sous l'eau* (2018) et *Les Roches rouges* (2020), sont en cours d'adaptation.

OLIVIER ADAM

dans la nuit blanche

roman

Loi n° 49-956 du 16 juillet 1949
sur les publications destinées
à la jeunesse et aux jeunes adultes

© Éditions Robert Laffont, S.A.S., Paris, 2021
ISBN 978-2-221-25559-9
ISSN 2258-2932
Dépôt légal : octobre 2021
Éditions Robert Laffont – 92, avenue de France, 75013 Paris

antoine

Je n'aime pas me retrouver seul à la maison. Je sais c'est bizarre à mon âge. Mais la solitude, ça ne me convient pas. Je me sens trop livré à moi-même. Sans défense face à l'angoisse qui me ronge dès que je baisse la garde. Et puis je n'ai pas l'habitude. Le silence. Ce sentiment de vide. Ça me comprime toujours un peu la poitrine. Mais là c'est pire. Parce que Léa s'est tirée pour de bon. Elle ne rentrera plus que pour les vacances et un week-end par-ci par-là désormais. Et ça, j'ai du mal à le réaliser. Ce côté définitif. Ce changement d'ère.

Ils sont partis dans la matinée. À l'origine, je devais aller avec eux, mais il n'y avait que trois places dans la cabine de la camionnette. Je sais que la plupart des frères et sœurs ne peuvent pas s'encadrer et que beaucoup de mecs dans ma situation n'attendent que ça : que l'aînée se barre et lui foute la paix. Mais moi non. Ma sœur, je l'aime bien. Et j'arrive pas à imaginer ce que va être la vie sans elle, désormais. Les repas à trois. Les soirées tout seul dans ma chambre. La fin de nos balades à vélo en forêt. De nos parties de ping-pong. Des films qu'on s'enfilait pelotonnés sous la même couverture. Des bandes dessinées qu'on se passait d'un bout à l'autre du canapé du salon. Des blagues débiles et des fous rires qui nous prenaient parfois rien qu'à se regarder. Tout ce quotidien ordinaire dont on ne se rend pas compte qu'il est la matière première du bonheur tant qu'on ne l'a pas perdu. Mais peut-être que j'exagère. Peut-être que je vais m'y faire. Que tout va bien se passer pour elle là-bas et pour moi ici. Ma vie ne se résume pas à ma sœur. Mes parents sont cool et je m'entends bien avec eux. J'ai les potes au collège. Surtout Hugo. La guitare, le tennis, mon ordi. Une vie bien remplie. Alors pourquoi je flippe comme ça ?

Ça va bientôt être l'heure. Je jette un dernier regard à la chambre de Léa. Impeccablement rangée pour une fois. Pas un bouquin, pas un papier, pas un vêtement, pas un de ses cent cinquante tote-bags qui traîne. J'essaie de l'imaginer à Paris. Sur le papier, on ne vit pas si loin. Il paraît même qu'à quelques kilomètres d'ici, c'est déjà l'Île-de-France. Mais on n'y va jamais. C'est trop le bordel en transports en commun. Et en bagnole, avec les bouchons, on met plus de deux heures à moins de partir à l'aube et de rentrer dans la nuit. Ici c'est plus la campagne qu'autre chose. Des maisons individuelles entourées de jardins, la forêt, un petit bloc d'immeubles HLM qui n'a rien d'une cité. Des kilomètres carrés de champs tout autour. Et la Seine qui serpente, parfois sauvage, parfois bordée d'usines. En vrai, la grande ville qu'on fréquente le plus, c'est Rouen. D'ailleurs c'est là que ma mère travaille, dans une petite boîte dont elle tient la compta. Quant à mon père, il bosse dans le coin. Chauffeur de bus scolaire. Une année, c'est lui qui emmenait la classe à la piscine. Ça me foutait un peu la honte. C'est con, je sais. Et dans le genre, il y a pire : Hugo avait son père comme instit en CM2. Ça devait être étrange pour lui. Mais vu ce qui s'est passé l'année suivante, maintenant il doit se dire que c'était le bon temps.

Merde. Je vais être à la bourre. Faut que je me bouge le cul. Que j'arrête de me perdre dans mes pensées comme ça. Je descends au rez-de-chaussée. J'enfile mes pompes. Je récupère mon vélo dans le garage. Il déconne un peu. Les roues sont voilées et les patins frottent contre la jante. Mais je ne peux m'en prendre qu'à moi-même. Je me suis fait chourer mon VTT devant la maison d'Hugo le mois dernier. Je l'avais laissé contre la porte du garage sans antivol. Mon père m'a refilé son vieux Gitane de course. Il m'a prévenu : roule pas dans la forêt avec ça, et t'amuse pas à monter sur les trottoirs. Évidemment, je l'ai pas écouté.

Je quitte le lotissement et je prends par la grande route, même si d'habitude j'aime mieux couper par la forêt. Mais ça fait un détour et j'ai pas le temps. J'accélère. Tant pis pour les feux rouges.

léa

— Bon, ben on va y aller. Je veux pas me taper les bouchons et faut qu'on soit rentrés à la maison pour le dîner. Ton frangin est pas foutu de se faire cuire des pâtes, tu sais bien.

Ma mère a les yeux mouillés. Mon père serre les mâchoires et tente de ne rien laisser paraître. Ils m'embrassent et me serrent dans leurs bras plus fort que d'habitude.

— On se voit bientôt, toute façon. Et puis on s'appelle, je dis, mais ma voix est moins assurée que je ne le voudrais.

Ils jettent un dernier coup d'œil à la pièce. Neuf mètres carrés. La moquette grise un peu sale. Les murs plus si blancs dont la peinture s'écaille dans les angles. La cabine de douche entièrement en plastique avec son rideau jauni. Le petit évier à la faïence ébréchée. Le matelas à même le sol avec sa couette toute neuve, au tissu encore raide. La table ronde et les trois chaises. Le petit frigo. Le réchaud électrique. La commode où s'empilent mes vêtements. Et les étagères où s'entassent mes affaires de cours. Posés sur le sol, l'enceinte et l'ordinateur. Rien de plus. Mon chez-moi désormais. Au sixième étage d'un immeuble haussmannien dans un quartier friqué, avec le parc Monceau au bout de la rue. Il n'y a pas d'ascenseur. Faut se taper l'escalier de service. Cent vingt marches, j'ai compté. Et on arrive sous les toits, dans un couloir étroit qui distribue les six chambres de bonne et les toilettes partagées par tous les locataires. Pas nettes du tout, les chiottes, a remarqué ma mère, inquiète, lors de la première visite. Mais rien ne l'était. Ni le couloir. Ni la piaule. J'ai bien vu que ça la choquait un peu. Tout est toujours si propre et ordonné à la maison. Nettoyé à mort.

— T'es sûre ? elle m'avait demandé alors.

J'avais hoché la tête, les yeux rivés sur la fenêtre et sa vue sur les bulbes dorés de la cathédrale russe orthodoxe de l'autre côté de la rue. Le christ d'or sur le fronton. Les pierres blondes de la façade. Le joli perron. Les arbres tout autour. Ça me semblait rattraper tout le reste. Je m'imaginais déjà passer des heures entières le nez contre la vitre.

— Toute façon, on a pas vraiment le choix, non ?

Mon père avait acquiescé. Tout était si cher dans cette ville. La moindre studette. La moindre chambre de bonne. La moindre coloc. On avait fait et refait les comptes. Mes parents consentaient déjà un gros sacrifice en me payant la moitié du loyer. Même à ce prix. L'autre moitié je l'avais mise de côté en travaillant tout l'été chez Auchan, et j'avais prévu de faire la même chose les années qui suivraient. Ajoutez à ça les frais d'inscription, les livres qu'il faudrait acheter, le budget mensuel pour la bouffe et on avait atteint le plafond. On le dépassait même largement mais mon père minorait. De toute manière il ne voyait pas d'autre solution. Je ne pouvais pas non plus faire l'aller-retour tous les jours. On vivait beaucoup trop loin de Paris. Et il n'était pas question que je prenne un job à l'année pour me payer un truc plus grand ou moins glauque. Mon père était ferme sur ce point. Je devais me consacrer entièrement à mes études. Mettre toutes les chances de mon côté. Ce serait déjà bien assez difficile comme ça. Il était tellement heureux de me voir entrer à l'université. Si fier de ma mention bien au bac. Ni lui ni ma mère ne l'avaient. Ni aucun de mes oncles et tantes. Et j'étais l'aînée des cousins et des cousines. J'étais, je serais, à jamais la première. La première de la famille à faire des études.

C'est un de mes cousins, justement, qui nous avait alertés. Un client du restaurant où il bossait lui avait parlé d'une chambre à louer, au black bien entendu. L'inconvénient c'est que je ne pourrais pas bénéficier des aides au logement pour les étudiants mais de toute manière mon père ne voulait pas en entendre parler. On est pas des pauvres. On a pas besoin d'être assistés, il répétait. Je n'ai jamais réussi à le raisonner. Il avait sa fierté, il disait. Celle d'un type qui s'est fait tout seul sans jamais rien demander à personne. Le loyer n'était pas plus élevé que la moins chère des colocs qu'on avait repérée. Tout était un peu vétuste, le proprio n'avait pas envie de s'emmerder à tout rénover et mettre aux normes. Ceci expliquait sans doute cela.

— C'est petit, pas très propre, les chiottes sont sur le palier, mais la vue est belle, la rue calme, le quartier très chic et très sûr. Il y a le parc Monceau juste à côté.

Tu seras à trois stations de métro de la fac. Et le Leader Price est pas loin pour les courses, avait dit mon cousin.

Deux jours plus tard nous avions pris la voiture pour venir le visiter.

Mes parents n'arrivent pas à partir. Déjà, ce matin dans la voiture, j'ai bien vu qu'ils avaient la gorge serrée. Toute la journée leurs voix ont sonné faux. Ils forçaient leur enthousiasme. On est arrivés à Paris vers quatorze heures. Mon père était tout content de trouver une place où se garer dans la rue même de l'immeuble. Surtout avec la camionnette qu'il avait louée pour l'occasion. On était un peu en avance. Mon cousin, qui nous avait proposé de nous aider à monter le matelas, le frigo, l'étagère, la table et les chaises (une commode était déjà dans la chambre, laissée là par le précédent locataire) finissait son service vers quinze heures. On s'est promenés dans le quartier en attendant. Tout suintait le pognon. Les immeubles majestueux. Les voitures garées. Le calme. Les grandes avenues bordées d'arbres. Les boutiques, les restaurants. Mon père trouvait dingue qu'on soit si près des Champs-Élysées. La plus belle avenue du monde, il répétait en boucle. Et puis il y avait le parc. Ses pelouses parfaites. Ses colonnes et ses ponts. Son étang. Ses jardins paysagers. Le manège et les balançoires. Les cygnes et les canards. Et tous ces gens si bien habillés, même les enfants, qui s'y promenaient – on dirait qu'ils vont tous à un mariage, avait dit ma mère. Et tant pis si elle exagérait, surjouait la différence entre « eux » et « nous ». Quand nous avons regagné la rue Daru, mon cousin nous attendait. Avec mon père ils en ont bavé pour monter le matelas.

L'escalier était étroit et raide. Et le frigo avait beau être mini, arrivé sur le palier ils étaient cramoisis, à bout de souffle et se frottaient le dos. Ma mère et moi on s'est chargées des chaises, des cartons de vêtements et de la vaisselle : quatre assiettes, quatre verres, quatre jeux de couverts, une casserole, une poêle, deux bols et un petit saladier, le tout acheté chez Gifi à Rouen.

Après un dernier signe de la main, un dernier regard sur la chambre austère, sans décoration pour le moment, ma mère me laisse refermer la porte. Je les entends dans l'escalier puis plus rien. Et voilà. Je suis seule. Chez moi. Dans cette chambre où je mets les pieds pour la deuxième fois seulement. Dans cette rue, ce quartier, cette ville dont je ne sais rien ou presque. Une sortie scolaire en troisième. Deux virées touristiques avec mes parents, la première quand j'avais six ans, la seconde l'année de mes quatorze, tour Eiffel, Montmartre, Champs-Élysées, Opéra, Tuileries au pas de course et c'est tout. Soudain je sens mes poumons rétrécir. Je crois que c'est ce silence qui m'oppresse. J'ouvre la fenêtre pour laisser la rumeur de la rue tout envahir. Mon regard se perd dans le doré de la cathédrale, le blond des pierres, le vert des feuillages. C'est la mi-septembre mais il fait chaud comme en été. Je respire un grand coup, essaie de ne pas penser à la maison. De ne pas penser à mon frère là-bas sans moi. De ne pas penser aux dix-huit années qui viennent de s'écouler. La ville où j'ai grandi, la forêt, le collège, le lycée, les amis. J'essaie de me persuader que j'ai de la chance. Que des tas de filles ou de garçons ne demanderaient pas mieux que d'habiter seuls à Paris, de partir de chez papa-maman, d'être libres. Je tente de me raisonner en me répétant que mon cas n'a rien d'original : des milliers de jeunes de mon âge doivent quitter le domicile familial pour suivre leurs études dans une grande ville. J'essaie de m'enthousiasmer. La vie étudiante. Les rencontres que je vais faire. Cette ville que je vais découvrir. « Comme c'est excitant ! » À haute voix j'articule ces mots ridicules, qui l'étaient tout autant dans la bouche de ma mère quand elle les a prononcés avant de me dire au revoir pour la dixième fois – la bonne, pour le coup. Je sais que ça sonne faux. La vérité c'est que je ne sais pas quoi penser. Je ne sais pas si je suis contente ou triste. Je suis juste anxieuse. Ça prend toute la place.

J'allume une cigarette, tire une longue bouffée.

— Salut. T'es nouvelle ?

Je me penche et l'aperçois, à la fenêtre d'à côté. Il tire sur un joint. Pas loin de la trentaine, je dirais. Plutôt beau. Vêtu de sombre. Visage fin sous des cheveux noirs assez longs.

— Oui. Je viens d'emménager.

— Alors bienvenue à l'étage des fous. À plus.

D'une pichenette, il jette son mégot encore allumé. Je le regarde tournoyer dans le vide avant de s'écraser sur le trottoir six étages plus bas.

nathan

Pas mal, la nouvelle. Une étudiante qui débarque à Paris si j'ai bien compris. Je ne l'espionne pas, faut pas croire. Mais ici les murs qui séparent les chambres, c'est du carton, on entend tout. À droite, ça faisait deux mois qu'il n'y avait plus personne. Reposant. Surtout après le mec d'avant, qui foutait toujours la musique à fond et se tapait des crises. Régulièrement je l'entendais hurler en pleine nuit. Après, il chialait pendant des plombes. Et puis il a disparu. À mon avis, il a fini en HP direct.

Tout l'après-midi, j'ai entendu du bruit. Des allers-retours pour installer trois meubles, monter des affaires. Et puis leurs adieux qui n'en finissaient pas. Une gentille petite famille. Des gentils petits parents. Aux petits soins. Pas comme les miens, putain.

J'attrape mon sac et je quitte ma piaule. J'en ai vu défiler, des voisins, depuis que je vis ici. À part le Serbe et l'Espagnole qui sont arrivés là bien avant moi, qui semblent habiter là depuis toujours, ça tourne. La nouvelle, je lui ai souhaité bienvenue à l'étage des fous mais, honnêtement, en ce moment, à moins qu'elle-même soit bien barge, c'est plutôt calme. À une époque, il y avait même une famille entière qui créchait là. Des sans-papiers qui s'entassaient à cinq dans dix mètres carrés, avec trois gamins en bas âge. Leur proprio a fini par les virer. Le mec voulait bien fermer les yeux tant qu'il encaissait sa liasse de billets. Mais quand ils se sont mis à ne plus payer, il n'a pas hésité longtemps : il les a foutus dehors.

Je marche dix minutes et j'arrive à la brasserie. Je salue tout le monde. Je fous mes affaires dans mon casier. J'enfile mon pantalon noir et ma chemise blanche. Mon déguisement de serveur. J'ouvre ma session à la caisse et c'est parti. Pour l'instant c'est calme. Des vieux et des familles qui prennent le thé. Quelques étudiants qui font durer leur bière au maximum. Bientôt ce sera l'heure de l'apéro et on enchaînera sur le dîner. Plus tard la sortie des théâtres, des cinémas et des concerts pour ceux qui veulent prendre un dernier verre, retardent au maximum le moment de rentrer chez eux.

Je prends ma pause sur le trottoir. Simona me rejoint et me taxe une clope. Elle m'a semblé un peu triste depuis son arrivée.

— Ça va ? je lui demande. T'as pas l'air en forme.

Elle hausse les épaules. Me dit qu'elle vient de se faire larguer. Elle ne s'y attendait pas. Pensait qu'avec Margot elles filaient le parfait amour.

— Qu'est-ce qui s'est passé ? Elle voit quelqu'un d'autre ?

— Même pas. Elle dit qu'elle veut « reprendre sa liberté ». Qu'elle est trop jeune pour la vie de couple. Qu'elle veut encore s'éclater un peu. Putain. Qu'est-ce qui fait que ça finit toujours comme ça avec moi ? Je crois que j'ai l'art de les étouffer. Que j'ai des goûts de bourge.

— Qu'est-ce que tu racontes ? T'as rien d'une bourge. T'es serveuse. Tu vis à Saint-Ouen. Ton père est routier.

— Non, mais tu vois ce que je veux dire. Moi, quand je tombe amoureuse d'une fille, ce que je veux c'est vivre avec elle. Je rêve d'un petit appart pour nous deux. D'une petite vie douillette à se partager. Et même d'avoir des enfants, mais ça, je leur en parle jamais. Ça les fait pas rêver, tu comprends.

Le boss nous fait signe de rappliquer en fronçant les yeux. Il n'aime pas trop qu'on prolonge les pauses au-delà de la cigarette réglementaire. Comme tous les petits chefs, j'imagine. Ce genre de mec, l'autorité, ça les fait jouir. Un couple me fait signe. Je m'approche. Ils me demandent s'ils peuvent commander.

— Bien sûr que vous pouvez, je réponds avec un grand sourire. Je suis même là pour ça, il paraît. Alors qu'est-ce que ce sera, les amoureux ?

hugo

Il branle quoi, Antoine ? J'enchaîne les services pour m'échauffer en attendant. C'est mon coup le moins bon et j'en mets deux sur trois dehors même quand il n'y a personne en face. Sur le cours d'à côté, deux types cognent comme des sourds. Ça va à toute vitesse. Toutes les deux minutes, deux joueurs se pointent à la grille et me regardent d'un air mauvais. Ils doivent trouver que j'abuse de squatter un terrain juste pour m'entraîner tout seul. Et ça leur fout les nerfs. À chaque fois, je répète en désignant l'autre côté du filet : il arrive. Il est juste à la bourre.

Antoine finit par se pointer. Il accroche son vélo au grillage et entre sur le cours sans même s'excuser pour le retard, son grand sourire aux lèvres, comme d'hab. Ce mec a toujours été comme ça. Classe. Rayonnant. Tout le monde l'adore. Et personne ne comprend ce qu'il fout avec moi. On ne se dit pas bonjour ni rien vu qu'on se voit tout le temps au collège. On est à côté dans toutes les matières. Sauf en maths parce que Leborgne trouve qu'on parle trop. À mon avis on bavarde pas plus que les autres, et puis nous au moins, on fout pas trop le bordel, mais c'est comme ça : Leborgne, ça fait quatre ans que je l'ai et quatre ans qu'il a du mal à m'encadrer. Sûrement parce que j'ai à peine la moyenne avec lui alors qu'avec les autres profs j'ai au-dessus de quinze. Au conseil de classe il répète que vu mes résultats dans les autres domaines, vu mes capacités, c'est juste que je bosse pas sa discipline. Bon. Je ne peux pas lui donner tort. Les maths ça m'emmerde. Comme ça m'emmerde je ne fous pas grand-chose. Et comme je ne fous pas grand-chose je ne comprends rien. Il y a peu de temps encore, je limitais les dégâts en pompant sur Antoine. Mais depuis qu'il nous a séparés c'est devenu plus compliqué. La meuf à côté de qui je suis assis est du genre à mettre son bras de façon à ce que je puisse rien voir pendant les contrôles. Le genre à soupirer quand je lui demande de me prêter son compas ou sa calculatrice. Je sais pas à quoi ça sert des gens comme ça.

Antoine enlève son survêt et va se poster à l'autre bout du terrain. Il commence à taper dans la balle et c'est parti pour une bonne heure d'échanges. On ne compte jamais les points. On les joue à fond mais on ne compte jamais. Il est plus fort que moi et quand je lui dis ça il répond que c'est n'importe quoi, que j'ai un meilleur coup droit, que je suis plus régulier. C'est peut-être vrai, j'en sais rien. Tout ce que je sais, c'est que j'aime autant m'entraîner avec lui que le regarder jouer. Son geste de revers à une main. Hyper délié. Ses inspirations de génie auxquelles je ne m'attends jamais. Des coups droits courts croisés que je sais même pas comment il les réussit quand il les réussit. Ses putains d'amortis. L'élégance de ses déplacements. C'est simple, on dirait qu'il glisse en permanence à un ou deux centimètres du sol. Comme s'il était sur coussins d'air. À côté j'ai l'air d'un paysan. Le seul truc qui m'énerve, c'est qu'il se met toujours à jouer comme un dieu dès qu'il y a une fille qui se pointe. Surtout si c'est Louane. Une meuf du lycée. Classée. Super forte. Super belle. Elle s'entraîne un jour sur deux. Alors forcément, ça arrive souvent qu'elle passe pendant qu'on joue. Parfois elle s'arrête quelques secondes pour suivre l'échange. Quand l'un de nous réussit un coup particulièrement bon elle lève le pouce, nous lance un clin d'œil et s'éloigne avec sa petite jupe blanche qui se balance comme sa natte dans le dos.

Une fois j'ai demandé à Antoine s'il kiffait Louane et il m'a regardé d'un air bizarre.

— Qu'est-ce tu racontes ? il m'a rétorqué.

— Ben je sais pas, t'as l'air de la kiffer. Elle est super bonne faut dire.

— Super bonne... Depuis quand tu parles comme ça des filles, toi ? J'espère que tu parles pas comme ça de Léa.

— Non mais, enfin, tu vois. Elle est belle, quoi.

— Qui ça, ma sœur ?

Et là il m'a fait le coup d'*Astérix en Corse,* avec le fier guerrier qui demande l'air de rien : « Elle te plaît ma sœur ? » L'autre en face répond naïvement oui et le Corse se fait menaçant : « Comment ça, elle te plaît ma sœur ? » Alors l'autre se fait tout petit, se met à bafouiller que non, bien sûr, non elle ne lui plaît pas, et le Corse s'énerve encore plus : « Comment ça elle te plaît pas ma sœur ? » Puis il s'est marré un bon coup et m'a répondu plus sérieusement.

— Ouais, je suppose qu'elle est mignonne Louane. Mais elle est surtout « bonne » au tennis. Pourquoi tu me demandes ça ? T'es jaloux ?

— Jaloux, moi ? D'elle ? T'es con.

Puis on s'est remis à jouer. Et j'ai senti que mes joues avaient rosi malgré moi.

La vache. Il est en forme aujourd'hui. Je l'ai jamais vu taper la balle aussi fort. On dirait qu'il cherche à l'éclater. On dirait qu'il a besoin d'évacuer quelque chose. De la rage. Ou de la tristesse je sais pas très bien. Il monte au filet. Je tente de l'ajuster. Mais il sort une volée gagnante venue de l'espace. Je le regarde et il serre les dents à se faire péter la mâchoire. Et puis il s'aperçoit que je le fixe et m'adresse son plus beau sourire de branleur.

antoine

La nuit ne va pas tarder à tomber. Hugo habite pas loin des tennis alors on marche ensemble quelques minutes. D'habitude, après l'entraînement, il rentre avec moi à la maison. Il se met sur le porte-bagages que j'ai spécialement installé pour lui, et je fais exprès de prendre des creux pour qu'il ait mal au cul. Mon père me tuerait s'il me voyait traiter son vélo comme ça. Quand on arrive, mes parents sont toujours contents de le voir. Léa l'aime bien, elle aussi. Il mange avec nous, on se fait deux trois parties de FIFA ou on se mate une série et mon père ou ma mère le ramènent chez lui en bagnole. C'est plus sympa pour lui. Sa mère n'est pas toujours là le soir. Elle est souvent de garde à l'hôpital. Et de temps en temps elle sort avec ses copines pour décompresser. Je crois d'ailleurs que c'est le cas ce soir. Mais mes parents m'ont dit : pour une fois, ce serait bien qu'on soit juste nous. Pour le premier jour sans Léa. Juste tous les trois. Moi j'aurais préféré le contraire, justement. Histoire de moins ressentir son absence. De commencer en douceur. On aura bien le temps de bouffer juste tous les trois et de comprendre que c'est la règle désormais, que Léa ne sera plus avec nous que pour les vacances et quelques week-ends et encore, si elle n'a pas des projets de son côté, si elle n'a pas trop de boulot.

Je laisse Hugo au croisement de sa rue et je roule en direction de la forêt. J'accélère avant qu'il fasse vraiment trop sombre. Ma mère n'aime pas que je rentre par ce chemin le soir. Elle a toujours peur des mecs louches. Ou que des bagnoles ne me voient pas sur les routes qui traversent les bois et qui, à son grand désespoir, sont ouvertes aux voitures. Elle a même écrit plusieurs fois au maire pour demander leur interdiction. Ça m'étonne parce qu'elle est plutôt du genre discrète en général.

J'aime bien rouler en forêt. La sensation des pneus sur la terre des chemins étroits. L'odeur d'humus et de feuilles en décomposition. Le bruit du vent dans les arbres. La beauté des clairières. Les animaux qu'on devine dans les fourrés. Et les oiseaux, invisibles et pourtant partout. Ça m'apaise. Je longe un étang puis je me lance sur le sentier qui rejoint la route. L'été, c'est bordé de fleurs sauvages et d'herbes hautes. Pas grand monde ne l'emprunte, à part Léa et moi. C'est « notre » chemin, elle dit toujours. Je m'arrête pour prendre une photo. Je l'envoie à ma sœur avec trois émojis adaptés. Et mon cœur se serre.

Je quitte le sentier et débouche sur la route déserte. Je ne sais pas pourquoi mais j'ai toujours cette boule dans la poitrine. Le tennis a pas suffi à la faire disparaître. Enfin je dis que je sais pas pourquoi comme si ça m'arrivait jamais. Mais c'est le contraire. Je passe ma vie à lutter contre une angoisse sans cause. Des idées noires qui me tordent le bide en permanence. Un voile de tristesse qui recouvre tout, me grignote de l'intérieur et m'épuise. Ça me lâche jamais et je ne sais pas quoi faire pour que ça s'arrête. Je n'en ai jamais parlé à personne. Même pas à Hugo. Même pas à ma sœur. Je me contente de ne rien laisser paraître et de prier pour que ça passe un jour. Même si j'en doute, même si je commence à me dire que je devrai composer avec ça toute ma vie. Et que ça m'effraie.

Il fait presque noir. Je serre les dents. Me fous une claque. Et j'accélère. Au loin, j'aperçois les lumières des réverbères qui bordent la départementale.

léa

J'active mon téléphone. Trois heures du matin. Je ne dors toujours pas. Un peu plus tôt, j'ai été réveillée par des bruits. Des pas lourds dans l'escalier de service. Des bruits de bouteilles entrechoquées. Puis qui dévalaient les marches. Des grognements. Des jurons. Un homme n'arrêtait pas de se casser la gueule en tentant, ivre mort, d'atteindre le palier des chambres de bonne. Il a mis au moins une demi-heure à rejoindre sa piaule. En chemin il a frappé très fort à une porte. Et je l'ai entendu beugler « Gloria ! », « Gloria ! ». La Gloria en question devait être la voisine espagnole que j'avais croisée plus tôt dans la soirée en rentrant du parc. Elle sortait des toilettes et avait sursauté en me voyant. Je m'étais présentée. Elle ne m'avait pas répondu et s'était précipitée dans sa chambre. Par la porte entrouverte j'avais aperçu l'intérieur. Au-dessus du lit étaient accrochés des tas d'icônes. Des christs dans des cadres à dorure. Des vierges Marie dans des tableaux lumineux comme on en trouve à Lourdes. Des dizaines de statuettes de saints en céramique serrés les uns contre les autres sur une petite étagère.

Le type bourré a continué à prononcer son prénom et elle a fini par lui hurler en espagnol de foutre le camp. Mais le mec ne s'est pas démonté. D'une voix pâteuse il la suppliait de lui ouvrir. Elle a fini par mettre de la musique, hyper fort, pour couvrir sa voix. Au bout d'un moment il a lâché l'affaire et s'est traîné jusqu'au bout du couloir. Il a mis des plombes à ouvrir. Bourré comme il était, il ne devait pas réussir à faire entrer sa clé dans la serrure. Quand sa porte a enfin claqué la musique s'est arrêtée et le calme est revenu. C'est là que j'ai compris pourquoi mon voisin m'avait souhaité la bienvenue à l'étage des fous quelques heures plus tôt.

J'ai envie de pisser mais je n'ose pas sortir. J'ai trop peur de croiser le type, ou même Gloria. Du coup je me résous à me soulager dans la douche. Et je me retrouve à astiquer le bac en pleine nuit. Sympa, ma nouvelle vie… Après ça je mets de la musique à bas volume, je m'allume une clope et je me poste à la fenêtre.

— Ça va ?

Il est là de nouveau. Son visage à peine visible dans la pénombre, le bout incandescent de sa cigarette pulsant dans la nuit silencieuse.

— Tu t'appelles comment au fait ?

— Léa. Et toi ?

— Moi c'est Nathan. Alors, cette première nuit ? Agitée, hein ?

— Oui. Un peu. C'est tout le temps comme ça ?

— Oh non, t'inquiète. En moyenne... deux fois par semaine. C'est Boris. Il habite la dernière chambre au fond du couloir. Il est pas méchant mais bon, souvent il se met des mines et il emmerde Gloria. Je crois qu'ils ont eu une histoire il y a longtemps. Parfois, il retente sa chance.

— Ils ont quel âge ?

— La soixantaine, je dirais. Lui à la base, il est serbe. Il fait des tas de petits travaux. Surtout pour l'église. Et pour des gens qui la fréquentent. Des orthodoxes. Des Russes, des Grecs. Quant à Gloria, ben je sais pas trop. Elle doit être à la retraite. En tout cas elle est tout le temps là. Elle prétend qu'elle est surveillée. Qu'on lui vole son courrier. À cause de trucs classés secret-défense qu'elle sait sur Anne Hidalgo, la mairie de Paris, tout ça. Des histoires liées aux extraterrestres si j'ai bien capté...

Je ne peux pas m'empêcher de rire. Je lui demande si c'est tout, s'il y a d'autres dingues à l'étage. Il me répond qu'à part lui-même et à moins que je le sois de mon côté, non, ça va. Il y a un serveur, qui bosse au resto russe en bas de l'immeuble. Il ne faudra pas que je m'étonne si je le croise dans le couloir : il se promène toujours en caleçon avec juste un peignoir de soie sur les épaules. Ou un genre de manteau de fourrure en hiver.

— Y a des filles qui passent chez lui. Jamais les mêmes. Souvent très belles. Sûrement des escorts.

— Pourquoi tu dis ça ?

— Ben quand tu le verras tu comprendras. Il a pas vraiment les atouts physiques pour lever des nanas pareilles dans les bars... Et sinon, il y a Su. Une Chinoise. Elle bosse dans un salon de massage dans le dix-septième.

Très gentille. Très discrète. Si elle t'a à la bonne, elle t'apporte des petits plats maison. Parfois je lui propose de bouffer avec moi tant qu'on y est mais elle veut jamais. Sinon, c'est une vraie pharmacie ambulante. Si t'as besoin de quoi que ce soit tu toques chez elle, tu dis j'ai mal là ou là, et elle te file des cachets chinois, des pommades bizarres, ou des herbes à faire infuser. Le lendemain t'es guérie. Bon allez, je vais me coucher. Bonne nuit.

J'éteins ma cigarette et regagne mon lit. Je laisse la musique allumée. Déjà à la maison j'avais l'habitude de m'endormir avec. Mon père l'éteignait parfois en pleine nuit. Je ne m'en rendais jamais compte. Il devait entrer à pas de loup.

Je ferme les yeux et j'essaie de trouver le sommeil. De chasser les pensées qui s'entrechoquent. Mon frère seul avec mes parents désormais. Ses yeux un peu humides même s'il essayait de le cacher quand je lui ai dit au revoir hier matin. Il fait toujours le malin, joue la comédie du type sans faille, indestructible, souriant, charmeur, sûr de lui, mais je sais que c'est du fake. Il s'imagine que personne ne voit clair dans son jeu et c'est le cas pour à peu près tout le monde. Mais à moi, on ne la fait pas. Moi, je le vois qu'il est moins fort qu'il veut bien le dire. Mais je crois que chez lui c'est comme une politesse. Il ne veut pas peser. Il ne veut emmerder personne. Il veut qu'on le voie comme la gaieté incarnée. L'ambianceur. Le beau gosse qui dévore la vie.

Je pense à lui et à tout le reste. Ce que je laisse derrière moi. La forêt près de la maison. Le jardin et ma chambre.

La présence rassurante des parents. Mes habitudes. Ma petite vie réglée. Et puis tout ce qui s'annonce. Le début de la fac demain. Et la vie elle-même. J'ignore à quoi elle va bien pouvoir ressembler. Si je saurai par quel bout la prendre.

nathan

La nouvelle a le sommeil léger. Pas de chance pour elle. Je l'ai rassurée en lui disant que c'était pas toutes les nuits comme ça. Que Boris et Gloria ne faisaient pas leur cinéma tous les jours. Je ne voulais pas l'effrayer. Et j'ai minoré aussi pour Serguei. Je lui ai juste parlé de sa manie de se balader à moitié à poil sous son peignoir ouvert en été, et son gros manteau de fourrure de proxénète en hiver. Et des filles qui viennent le voir. Elle aura bien le temps de découvrir le reste. Ses soirées poker jusqu'à l'aube avec ses potes imbibés de vodka qui se marrent comme des hyènes, se mettent à gueuler d'un coup, se foutent sur la gueule pour un rien et braillent des chansons russes à cinq heures du mat pour sceller la réconciliation. Une nuit, il y a même eu des coups de feu.

Je suis rentré juste avant Boris. Ça m'a évité de le soutenir pendant l'ascension des six étages. La dernière fois, ça m'a bousillé le dos et j'ai dû frapper à la porte de Su pour qu'elle me file une de ses pommades magiques. Elle a insisté pour me faire un petit massage. Pas du tout ce qu'on imagine. On était loin du spa. Ça ressemblait plus à de la torture qu'autre chose, mais après j'étais comme neuf. Elle s'est fâchée quand j'ai voulu lui filer un petit billet pour la dédommager. Au contraire elle m'a offert une barquette de nouilles sautées aux légumes et au poulet qu'elle s'était préparée pour le dîner. On a discuté un peu. Ses enfants sont en Chine et elle attend de gagner assez d'argent et d'avoir un appartement convenable pour les faire venir en France. Pas demain la veille. Pour l'instant, ce qu'elle gagne sert à rembourser son voyage et son installation ici. Des passeurs l'ont aidée moyennant des sommes exorbitantes. Et le prix est monté quand elle a compris qu'une fois en France on attendait d'elle des trucs pas clairs. La plupart des filles avec qui elle s'entassait dans un appart de Belleville à son arrivée ici ont accepté le marché. Elle les croise de temps en temps sur le trottoir. Elles ont peur pour leurs familles au pays si elles arrêtent de se vendre. Mais Su, elle, s'est tirée dès qu'elle a pu et s'est fait embaucher dans un salon de massage sérieux, où elle ne reçoit que des femmes. Les mecs l'ont retrouvée et lui ont dit OK, mais tu nous dois plus d'argent maintenant. Le manque à gagner, tu comprends. En définitive, entre ce qu'elle leur donne, ce qu'elle envoie à sa famille au village et le loyer de la chambre, il lui reste juste assez pour vivre. Et elle a encore la générosité pour me masser gratos quand je me flingue les vertèbres et me refiler une part de son dîner. Alors en échange je lui donne des nouvelles. Je ne le faisais plus ces derniers temps. Ça m'a attiré trop de problèmes. On s'est trop foutu de ma gueule. On m'a trop traité de menteur. De taré. De malade. Mais pour elle je fais une exception. Parce que je sais qu'elle est réceptive à tout ça, qu'elle croit aux esprits, aux fantômes, aux ondes. Parce que je sais qu'elle croit elle aussi qu'il y a des choses inexplicables qui se trament sous la surface des choses. Et que ça ne lui fait pas peur. Alors je prends sa main. Je ferme les yeux. Je reste complètement immobile. Je me vide la tête. Et j'attends que mon esprit décolle. J'attends que les images se forment dans mon cerveau. Quand ça devient bien net, je lui dis ce que je vois. Son fils et sa fille endormis et leurs grands-parents à côté. Tout le monde a l'air d'aller bien.

En général, je n'en parle plus à personne. Ce don que j'ai. Que je ne sais pas expliquer. C'est mon secret. J'ai essayé par le passé, mais ça ne s'est jamais bien fini. De toute façon qui pourrait y croire, à part des gens comme Su? Mon cerveau qui décolle et me transporte au bout du monde ou dans la rue d'à côté. Qui se connecte et m'envoie des images. Qui pourrait y croire? Moi-même je ne peux pas m'empêcher d'avoir des doutes. Et je n'ai aucune idée de ce que je vois vraiment. Je ne sais pas s'il s'agit d'images du passé ou du présent. Le truc bizarre, c'est que, quand j'ai ces visions, les gens qui m'apparaissent sont toujours en train de dormir. La seule chose qui me laisse penser que je ne suis pas dingue, que je vois vraiment des gens qui existent, ce sont les photos qu'on me donne après coup. La première fois que je suis allé voir les enfants de Su dans leur sommeil, tout là-bas en Chine, je ne savais pas à quoi ils ressemblaient. Quand j'ai rouvert les yeux après avoir décrit la scène à Su, elle m'a montré des photos. Et c'étaient bien eux que j'avais vus. Je peux le jurer.

Des fois, si je reste longtemps connecté, si je me focalise sur les visages, j'entends des voix. Quand c'est les enfants de Su de toute façon je comprends rien. Je ne parle pas chinois. Mais quand je me connecte à des Français je ne saisis pas beaucoup mieux. Ce sont des suites de phrases absurdes et sans logique. Puis surgissent des images. À force j'ai fini par me dire que ce que je perçois, c'est leurs rêves. Ça ressemble à des films décousus, un peu surréalistes. La dernière fois, en me branchant à ses enfants j'ai vu surgir le visage de Su. Ils rêvent de toi, je lui ai dit et elle m'a souri tandis que ses yeux se mouillaient doucement.

Il est tard. J'allume mon ordinateur. Je reprends mon texte là où je l'ai laissé hier. Je ne sais pas pourquoi je m'acharne. Tous les romans que j'ai achevés jusqu'ici ont fini à la poubelle. Aucun éditeur n'en a voulu. Je n'ai jamais reçu le moindre encouragement d'aucun d'entre eux. Mais je continue quand même. Au moins pour prouver à mes parents que j'avais raison quand je leur ai dit que je ne voulais pas bosser dans une grande boîte ou m'investir dans quelque carrière que ce soit. Que malgré les études et les diplômes que j'avais obtenus pour leur faire plaisir j'allais prendre un job alimentaire, veilleur de nuit, serveur ou peu importe, pour garder l'esprit libre et me consacrer à l'écriture. Ils l'ont mal pris et m'ont dit : OK mais alors pas question qu'on t'entretienne, tu te tires de la maison. On veut pas d'un fainéant sous notre toit. J'ai trouvé ça bizarre qu'ils me traitent de fainéant alors que je leur parlais de prendre un job et de bosser sur mes textes le reste du temps. À croire que pour eux le seul travail qui vaille c'est celui qui vous remplit les poches de thunes. Ils ne jurent que par ça. L'argent. La réussite. Le prestige. Et encaissent mal la déchéance que je leur mets sous les yeux. Ils ont honte de moi. Dans ma chambre de bonne. Avec mon job de serveur. Mes rêves d'écrivain. Mes conneries de visions auxquelles ils n'ont jamais voulu croire, qui m'ont rangé pour toujours à leurs yeux dans la catégorie des détraqués. Heureusement, mes deux frères, eux, ont suivi le droit chemin. Ils sont pleins aux as. Benoît bosse dans la finance. Aymeric a sa propre agence de pub. Ils sont mariés. Ils ont des enfants. De grands appartements et des résidences secondaires. Des biens immobiliers qu'ils ont achetés pour placer leur argent. Des actions. Des comptes off-shore. Comme nos parents. Je suis le vilain petit canard. Mais je m'en fous. Je pose mes doigts sur le clavier. Et je m'y mets.

chloé

C'est le milieu de la nuit et il y a trois minutes encore, Léa était en ligne sur Instagram. Si ça se trouve elle commence déjà à faire la fête. Premier soir à Paris et c'est déjà parti pour la grande vie. Les soirées avec des meufs stylées. Des mecs canons. Dans des endroits que je peux même pas imaginer. La salope. Je l'envie. Putain ce que je l'envie. Dans sa piaule à elle à Paname. Libre comme l'air. Sans comptes à rendre à ses parents. Autonome. Et pendant ce temps-là je suis dans ma chambre chez papa-maman, après une journée de cours bien chiante en DUT technique de commercialisation à Mantes-la-Jolie. Une ville bien pourrie si vous voulez mon avis. En tout cas comparée à Rouen ou Paris. Et des études dont j'ai rien à foutre. Où je me suis inscrite parce que c'était pas trop loin et « pratique ». Parce que ça évite à mes parents de me payer un endroit pour crécher (bon, là je suis sévère, je sais qu'on n'a pas les moyens, mais Léa non plus : je crois pas que ses vieux gagnent beaucoup plus que les miens). Parce qu'ils m'ont dit qu'il fallait que je fasse des études qui servent à quelque chose. Et un truc pas trop long vu qu'à leurs yeux, je ne suis pas faite pour « les longues études » – mais là-dessus les profs étaient raccords, faut être honnête.

Je me lève et je regarde par la fenêtre. La maison de Léa se dresse sur le trottoir d'en face, crépis rose et volets verts, parfaitement identique à la mienne, son reflet dans un miroir. Bizarre de se dire qu'elle n'est plus là. Que la fenêtre de sa chambre va rester éteinte désormais. Qu'on ne se fera plus de signe dans la nuit. Que je ne saurai plus quand elle n'arrive pas à dormir. Qu'elle ne me proposera plus de rappliquer les mercredis après-midi, les week-ends, les soirs de semaine après les cours. Que je ne l'apercevrai plus sur son lit, ordinateur allumé, avec son frangin allongé à côté d'elle. Le genre collant, son frère. Toujours dans ses pattes. Mais bon, sympa pour un gamin j'avoue. Enfin gamin… Il est en troisième mais il fait vingt centimètres de plus que moi. Et il est beau comme un dieu. Hyper craquant. Un sourire à vous fendre le cœur à la hache. Il doit faire un carnage au collège.

Chez eux, tout est éteint. Pas surprenant, vu l'heure. Même si d'habitude la lumière reste allumée jusqu'au milieu de la nuit dans la chambre d'Antoine. À croire qu'il ne dort quasi jamais lui non plus. D'ailleurs sa mère aussi est sujette aux insomnies. Je l'aperçois souvent en chemise de nuit, une tasse à la main, errer dans la cuisine ou dans le salon vers les quatre heures du mat'. Aux beaux jours, elle fait même quelques pas dans le jardin. Et dans la rue. Sous la lumière blanche des réverbères, avec le halo de la lune, c'est toujours étrange de la voir apparaître, vêtue de blanc transparent et pieds nus, et de la regarder s'aventurer sur le bitume. Avec sa maigreur, on croirait un fantôme qui hante le lotissement.

Ce qui m'étonne, par contre, c'est que leur voiture n'est pas là. Ils ne sont toujours pas rentrés. Je les ai vus décamper d'un coup pendant que je faisais mes devoirs, plus tôt dans la soirée. Dans la cuisine, la mère de Léa préparait le repas. Apparemment Antoine n'était pas encore revenu du tennis. Le père buvait un verre de vin. Puis il avait saisi son téléphone, et les lumières s'étaient éteintes d'un coup. C'était bizarre mais je n'y ai pas vraiment prêté attention. Quelques minutes après, mes parents m'ont appelée pour le dîner. Ma mère avait tenté une nouvelle recette. Pâtes à la ricotta et au citron. Pas mal, j'avoue. Et ça m'a fait plaisir qu'elle fasse un petit effort pour cuisiner autre chose que de la viande. Mon père tirait un peu la gueule parce que pour lui, un repas sans bœuf, sans porc ou sans poulet, c'est pas un vrai repas. Il a dit que je les faisais chier avec mes conneries d'écolo et ma lubie de vouloir limiter la viande et il a engueulé maman parce qu'elle cédait à mes caprices. Mais même lui, il a eu l'air de trouver ça bon. Sitôt son assiette engloutie il s'est resservi un verre de rouge et s'est affalé sur le canapé du salon pour mater le match pendant que maman, mon frère et moi, on débarrassait en discutant de tout et de rien. Ma journée à l'IUT, celle d'Arthur à l'école primaire, et celle de maman à la maternelle où elle est Atsem. Elle a toujours des trucs marrants à raconter avec les gosses. Des phrases inattendues qu'ils prononcent. Des trucs de psychopathe qu'ils font parce qu'à cet âge ils se rendent compte de rien.

Je retourne à mon lit. J'envoie un petit message à Léa même si elle n'est plus en ligne. Je jette un dernier coup d'œil à sa maison puis j'appuie sur l'interrupteur. Et la nuit engloutit la chambre.

léa

Il est dix heures et j'émerge à peine. C'est les cloches de la cathédrale qui m'ont réveillée. Je me traîne jusqu'à la fenêtre. Dehors il fait gris, il a plu et tout est mouillé. Devant l'église se presse une petite foule vêtue de noir, massée autour d'un corbillard d'où l'on sort un cercueil. Chouette. Un petit enterrement de bon matin. Bonjour tristesse.

Je regarde les gens s'engouffrer dans l'édifice. Certains en larmes. Les autres la tête baissée et le regard vide. Puis je retourne dans mon lit et je consulte mon téléphone. Chloé m'a laissé une dizaine de messages audio. Elle me raconte qu'elle s'est pris la tête avec ses parents parce qu'ils trouvent qu'elle se couche trop tard et qu'elle m'envie : elle aussi aimerait être à Paris, libre, avoir son appart ou sa chambre de bonne et commencer enfin à vivre pour de vrai. Un instant je me dis que ma place, vraiment, si elle y tient, je la lui donne. De toute façon, vivre pour de vrai, je ne sais pas trop ce que ça veut dire. Je parcours les messages plus anciens et je retrouve celui que m'a envoyé mon frère hier soir. Notre chemin dans la forêt. Je remonte un peu dans le temps et avant son entraînement de tennis il m'a écrit : « Tu me manques déjà, bitch. » Avec un petit GIF de Joey dans *Friends* qui fait la moue.

Je jette un œil à l'ordi. Dix heures et quart. À ce rythme-là je suis pas rendue. Je sens que la journée va être longue. J'ignore ce que je vais bien pouvoir en faire. J'ai toujours eu du mal avec les périodes flottantes, les vacances, tous ces moments où on te dit de profiter de la vie, où rien n'est programmé, où on est laissé à soi-même. C'est quoi, vivre, quand rien n'est prévu ? Mon père me serine toujours que c'est justement là qu'est le meilleur. Dans ce temps volé, inutile, inemployé, non productif, libre. Le temps qu'on passe à lire, à regarder les arbres, à être paisible au milieu des gens qu'on aime, à simplement inspirer et expirer, à savourer le miracle d'être en vie. Je comprends ce qu'il veut dire, je crois. Mais je ne suis pas sûre de le ressentir vraiment. Quand je n'ai aucune obligation, je tourne en rond, les pensées bourdonnent sous mon crâne comme des guêpes prisonnières d'un bocal en verre, et c'est tout.

Je finis par me lever. Une boule au fond de la gorge. Je file sous la douche pour la chasser. Une fois habillée, je me prépare un thé et j'essaie de lire un peu mais impossible de me concentrer. Alors je retourne à la fenêtre en espérant que mon voisin fume une clope à la sienne. Mais non, il n'y a personne. Je scrute les appartements d'en face. Pour la plupart ils sont vides. Les gens sont partis travailler. Restent juste des vieux devant leur télévision allumée. Pas hyper passionnant tout ça. Je finis par me décider à sortir.

Dans le couloir, un type en marcel et puant l'alcool me salue avec un accent très prononcé. J'imagine que c'est Boris. Il ne s'excuse pas pour cette nuit. Se contente de me souhaiter une bonne journée, penché sur le lavabo qui jouxte les toilettes, dans lequel il nettoie sa vaisselle. Pourquoi il fait ça dans le couloir plutôt que dans sa chambre ? Peut-être qu'il n'a pas l'eau courante. Ou que son évier est bouché. Ou qu'il fuit. Ou tout simplement qu'il préfère faire ça comme ça. Que ça lui donne l'illusion de vivre dans un endroit plus grand que sa piaule. Qu'il a fait du couloir, des chiottes et du lavabo son territoire personnel. Son royaume.

En dévalant les escaliers, je croise une Asiat qui les monte. Su je suppose. Je lui dis bonjour, entreprends de me présenter mais elle me regarde à peine et presse le pas comme si elle fuyait quelque chose et voulait n'être vue par personne.

Au quatrième, une femme sort d'un appartement par la porte de service. J'ai juste le temps d'apercevoir l'intérieur. Les murs blancs et les tableaux. Les lourds meubles cirés, les tapis épais, les rideaux, les tentures. Ça a l'air tellement chic que j'ai du mal à croire que des gens vivent là pour de vrai. Pourtant si. D'après mon cousin, c'est pareil à tous les étages. Du mobilier hors de prix, des grands tableaux bordés de cadres dorés dans des appartements immenses. Dont celui du propriétaire, que j'ai entrevu le jour de la visite. Il nous attendait dans le couloir devant la chambre, très élégant avec ses pompes impeccablement cirées et son costard trois pièces. Il nous a fait entrer en lançant : je vous laisse visiter. Il n'a même pas mis les pieds dans la pièce. Comme si l'endroit le dégoûtait. Les choses se sont faites en quelques minutes. On est redescendus par l'escalier de service avec lui. Il nous a dit au revoir devant la porte du troisième, avant de disparaître dans son propre appartement. On a juste eu le temps de jeter un œil à l'intérieur : ça avait l'air moche mais carrément luxueux, dans le genre musée ou boutique d'antiquaire haut de gamme. Mon père m'a confié : c'est un noble, il a une particule et tout, et bizarrement ça a eu l'air de vraiment l'impressionner. Ça m'a étonnée parce que papa, d'habitude, il est plutôt du genre à se foutre de la gueule des riches et à répéter que rien ne justifie qu'ils possèdent tant de choses et aient tant de pouvoir quand nous et tous les autres, nous en avons si peu.

La femme me salue d'un mouvement de tête. Elle tient des sacs-poubelles dans ses mains. Sûrement une aide ménagère. Peut-être même une cuisinière personnelle. Mon cousin m'a dit que dans ce quartier on n'imagine même pas le nombre de gens qui ont des « domestiques ». J'ai un peu tiqué sur le mot.

— Des employés, j'ai rectifié.

— Ouais. Si tu veux. Mais qu'est-ce que ça change ? Tous ces gens ont d'autres gens à leur service, pour faire leur ménage, garder leurs gosses, leur faire la conversation, préparer leurs repas. Comme dans l'ancien temps. Sauf qu'avant, les chambres du sixième c'était pour leurs domestiques, en plus du salaire. Maintenant ils les paient que dalle et ils les logent même plus. Ces enfoirés ont récupéré les chambres pour se faire encore plus de pognon en les louant. Je vais te dire : le problème des riches, c'est qu'ils le sont jamais assez. Il leur en faut toujours plus. Même un petit loyer comme le tien, s'ils peuvent ils le prennent, alors que je peux te dire qu'ils en ont pas besoin. Qu'ils ont assez sur leurs comptes pour vivre dix vies et même là, ils arriveraient pas à tout dépenser. La cupidité : voilà ce qui fout ce monde en l'air.

Quand je débouche dans la rue, c'est la fin de la cérémonie. Le corbillard est reparti. Un groupe d'hommes et de femmes, tous vêtus de noir, s'attarde devant l'église. Ça se prend dans les bras. Ça se pleure sur l'épaule. Je presse le pas avant que toute cette tristesse me contamine. Avant que les pensées morbides me rattrapent. Avant que les images de l'enterrement de ma grand-mère reviennent me hanter. J'ai beau essayer, j'arrive jamais complètement à oublier qu'on va tous mourir. Qu'on peut y passer d'un instant à l'autre. Je sais que pour certains c'est comme un moteur. On a qu'une vie. Elle peut s'arrêter n'importe quand, alors tout ce qu'on peut faire c'est vivre à fond. En profiter un maximum. Mais chez moi ça produit l'effet contraire. Ça me bloque. Ça me paralyse. Ça m'empêche de me projeter. C'est comme si ça ôtait le goût et le sens des choses.

J'entre dans le parc. Des gamins de l'école d'à côté prennent leur récréation dans l'allée principale. Ils se parlent tous en anglais. Pour la plupart, m'a expliqué mon cousin, ce sont des enfants d'expats. Le quartier regorge d'ambassades. Leurs parents sont diplomates et les scolarisent dans un établissement bilingue. Comparés aux gosses de l'école où je suis allée petite, ils semblent vraiment venir d'une autre planète. Je longe les grandes pelouses. C'est plutôt désert. Je m'assois sur un banc. Je m'apprête à me plonger dans mon livre quand mon téléphone se met à vibrer. Je sors l'appareil de ma poche. C'est ma mère. Déjà ? je me dis. Elle m'avait pourtant promis de pas m'appeler toutes les trois secondes. Je décroche quand même.

hugo

Ma mère dormait encore quand je suis parti pour le collège. Elle avait dû rentrer tard de sa soirée entre copines. J'ai passé le nez dans sa chambre et vérifié qu'elle avait bien mis son réveil. Elle était de jour et devait prendre son service à dix heures. Je me suis approché d'elle. Elle dormait profondément. Ronflait un peu. Sentait l'alcool. Elle n'allait pas être fraîche pour ses patients, j'ai pensé… J'ai posé doucement mes lèvres sur son front, refermé la porte et je me suis mis en route.

Comme tous les jours, j'ai attendu un moment devant la grille qu'Antoine se pointe. On fait toujours comme ça. On se retrouve devant le bahut et on entre ensemble. Les minutes passaient, les autres envahissaient la cour, ils défilaient devant moi par petits groupes, mais lui n'avait pas l'air d'arriver. Je lui ai téléphoné pour savoir où il en était, s'il pensait être en retard ou quoi. Mais il n'a pas répondu. La sonnerie a retenti. J'ai jeté un dernier regard à la rue et je me suis dirigé vers le cours de français.

La classe était ouverte. Je me suis dit que peut-être j'allais le trouver là. Que pour une raison ou une autre il ne m'avait pas attendu pour entrer. Mais non. Je me suis installé seul à ma table. J'ai guetté la porte, le prof l'a refermée et le cours a commencé. Antoine n'est jamais venu. On ne l'a pas vu non plus en histoire. Ni en maths. Bon, je me suis dit. Il doit être malade. Mais il pourrait quand même répondre à mes messages.

À midi, j'ai déjeuné avec Lola, Ismaël et Marvin. Ben il est où Antoine ? ils m'ont demandé et je n'ai rien pu leur répondre. Après ça ils n'ont plus fait vraiment attention à moi. J'ai mangé en les écoutant bavarder. J'avais l'impression qu'ils parlaient une autre langue que la mienne. Qu'eux et moi on n'appartenait pas à la même espèce. L'après-midi, j'ai essayé de joindre Antoine à chaque pause et c'est là que j'ai commencé à vraiment me demander ce qui se passait. Il était rarement absent. Jamais malade. Et même quand ça se produisait, il ne me laissait jamais si longtemps sans nouvelles. Au minimum il m'écrivait qu'il était au lit avec trente-neuf de fièvre et me faisait rager avec les séries qu'il se matait à la chaîne. J'aimais pas trop ces journées. Sans Antoine c'était pas pareil. Tout me paraissait un peu morne. Et pour tout dire je me sentais seul. Non pas que les autres me rejettent, c'est pas ça. Je m'entends bien avec tout le monde. Il y a des gens plutôt sympas dans la classe. Et d'autres complètement cons. Mais je ne fais vraiment partie d'aucun groupe. Je n'arrive pas à vraiment m'intégrer. Sans Antoine, je crois bien que je serais tout le temps dans mon coin. Que personne ne s'apercevrait de ma présence ou ne ferait attention à moi.

À la fin des cours, j'ai essayé de l'appeler encore une fois. Et puis j'ai décidé de passer chez lui. Bizarrement, il n'y avait personne. Ni lui ni ses parents. Et pas de voiture garée devant la maison non plus. Je suis reparti, avec un sentiment bizarre qui me comprimait les poumons.

Ça a beau être une petite ville, ici, ça m'a pris trois quarts d'heure pour rentrer chez moi. Quand je suis arrivé, ma mère n'était pas encore rentrée. Je me suis mis à mes devoirs tout en guettant mon téléphone au cas où Antoine finirait par répondre à mes messages. Après ça je me suis enfilé deux épisodes de *Stranger Things*. Normalement, Antoine était censé les regarder aujourd'hui lui aussi, et on avait prévu de s'en parler après au téléphone ou demain en cours. Ensemble on rêve d'écrire une série. On n'a pas encore trouvé notre sujet mais on cherche depuis des mois. On s'envoie des idées. On imagine des personnages. Des décors. Antoine compose même des morceaux pour la future BO.

Le générique de fin occupait l'écran quand j'ai entendu ma mère rentrer. Je suis descendu au rez-de-chaussée. Elle avait l'air crevée mais entre sa soirée de la veille et la journée de boulot il n'y avait pas de quoi s'étonner. Elle se payait quand même de sacrés cernes. Un instant je me suis demandé si elle n'avait pas pleuré. Elle m'a dit bonjour et s'est engouffrée dans la cuisine où elle a commencé à se préparer un thé.

— Ça va maman ?

— Et toi, mon chéri. Ta journée s'est bien passée ?

— Oui, ça va. Juste… Antoine est pas venu.

— Justement, Hugo. Faut que je te dise.

Elle s'est tournée vers moi, au bord des larmes, et m'a fait signe de m'asseoir. Je lui ai obéi. Je sais pas pourquoi mais je le sentais mal. Le mauvais pressentiment absurde que j'avais tenté de tenir à l'écart toute la journée, que j'avais passé mon temps à nier en me disant « arrête de penser à des trucs pareils, gros débile » est remonté direct. Elle s'est assise en face de moi, le regard ailleurs, ses mains autour de sa tasse. Je l'avais tellement vue comme ça, après la mort de papa. Ça avait été tellement dur. Et ça l'est toujours. Le chagrin est toujours là, inamovible. Il est juste plus discret qu'avant. Il joue en sourdine. Mais il ne s'en va pas pour autant. Et je sais qu'il ne s'en ira jamais. Je sais qu'on ne « fait » jamais son deuil. Que c'est impossible. Je sais que la résilience, ça n'existe pas. Juste, on a un mal de chien et on continue à vivre. On n'oublie pas la douleur. On apprend à vivre avec, c'est tout. Parce qu'à moins de se tirer une balle on n'a pas le choix. C'est comme quand t'as mal à la jambe et que rien ne peut te soulager. Tu serres les dents, tu continues à marcher mais tu boites. Maman et moi on savait qu'on boiterait toute notre vie.

— Il s'est passé quelque chose, Hugo. Antoine est à l'hosto.

— Quoi. Qu'est-ce qui lui est arrivé ? Il va bien ?

Je me suis mis à flipper, à imaginer le pire. Elle est restée un moment silencieuse. Le temps de reprendre sa respiration. Puis elle a posé sa main sur la mienne et a fini par cracher le morceau. Antoine était dans le coma. Il s'était fait renverser par une bagnole et on l'avait emmené aux urgences alors qu'il avait perdu connaissance. Physiquement, il n'y avait pas trop de dégâts.

Deux côtes cassées. Le poignet fracturé. Des hématomes et des contusions un peu partout. Mais pour le moment il était dans les limbes. J'ai mis un petit temps à réaliser. D'abord j'ai pensé à son poignet. C'était le droit ou le gauche ? Je sais, c'est débile, mais c'est ça que je me suis demandé en premier. S'il pourrait rejouer au tennis et quand. Et la guitare. Est-ce qu'il pourrait rejouer de la guitare ? Et si oui, dans combien de temps ? Et puis le plus important a fini par se faire une place dans mes pensées. Il était dans le coma. Entre la vie et la mort.

— Et le mec qui l'a renversé ? j'ai demandé.

— On sait rien.

— Comment ça ?

— Le SAMU a trouvé Antoine inanimé près de son vélo. C'est quelqu'un qui passait par là en voiture qui a donné l'alerte. Antoine était sur le bord de la route. Vu son état, y a pas de doute, il s'est fait renverser par un véhicule. Mais le coupable ne s'est pas arrêté.

— Quoi ? Mais c'est dégueulasse !

Ma mère n'a rien répondu. Je savais qu'elle était d'accord avec moi. Quel genre d'ordure fait ça ? Renverse un cycliste, ralentit à peine pour voir dans quel état est sa victime et se tire sans rien dire ?

— Il va peut-être finir par se manifester, a repris ma mère. Il a dû paniquer. Il devait être dans son tort. Peut-être alcoolisé. Il a eu la trouille de finir en taule et s'est tiré par réflexe. Mais il va peut-être finir par se dénoncer.

Elle s'est levée brusquement en ajoutant qu'elle était désolée mais qu'il ne fallait pas que je m'inquiète. Antoine était entre de bonnes mains. On prenait soin de lui. Il allait se remettre.

— Ça t'embête de te faire à manger ? Moi j'ai pas trop faim. Je suis crevée. Je crois que je vais aller prendre une douche et me mettre au lit.

Elle a quitté la pièce et je suis resté seul dans la cuisine. Je n'avais pas faim moi non plus. Quand j'ai voulu me lever, je me suis aperçu que mes jambes tremblaient et refusaient de me porter. On aurait dit de la pâte à modeler. Je me suis rassis et j'ai pris ma tête entre mes mains.

nathan

Il y a de la lumière sous sa porte. Elle doit être rentrée de la fac. C'était son premier jour et je ne sais pas comment elle a trouvé la force d'y aller. J'ai du mal à comprendre pourquoi ses parents lui ont interdit de rentrer chez elle. Ils lui ont répété que ça ne servait à rien. Son frère était plongé dans le coma. Il n'y avait rien à faire à part attendre. Dès qu'Antoine serait réveillé elle pourrait rappliquer. Avant ça, il valait mieux qu'elle reste à Paris : elle n'allait pas rater les cours dès le premier jour. C'était trop important. Il ne fallait pas qu'elle prenne de retard. Elle ne pouvait pas commencer l'année universitaire de cette façon. Je voyais très bien le tableau. C'est souvent ainsi dans les familles comme la sienne, où l'argent ne coule pas à flots et où personne n'a trop fait d'études supérieures jusque-là. Les parents flippent à mort. Ils se disent que leurs enfants doivent travailler deux fois plus que les autres. Parce qu'ils ne partent pas avec les mêmes atouts au départ. Parce que en dehors des résultats scolaires, des diplômes, rien ne pourra les aider à s'en sortir. Pas de relations. Pas de parents, d'oncles ou de tantes haut placés. Pas d'entreprise familiale. Pas de donation pour t'aider à monter ta boîte ou t'entretenir à rien foutre. Pas d'appartement à t'offrir pour démarrer dans la vie. Pas de maison familiale à la campagne ou à la mer où s'établir en cas de besoin. Personne pour te dégotter un emploi même si tu n'as pas les qualifications. Pas de passe-droit. Dans le milieu dans lequel j'ai grandi, au contraire, personne ne se mettait la pression à ce point. Il y avait cette idée inconsciente qu'on valait mieux que les autres, de toute façon. Que rien ne pouvait nous arriver. Qu'on aurait toujours un toit à se mettre sur la tête. Qu'il y avait toujours le moyen de rattraper le coup. Quelqu'un pour nous placer quelque part même si on ne le méritait pas. C'était à ça que servait le carnet d'adresses, les dîners, les parties de golf et la messe du dimanche. C'étaient comme de vieux relents d'aristocratie qui subsistaient malgré tout. Nous étions, de naissance, intouchables. La seule injonction : pas trop foutre la honte à la famille. Préserver sa réputation. Et de ce côté-là, pour mes parents, j'avais vraiment merdé. D'abord avec ce qu'ils appelaient « ma fragilité psychologique ». Et ensuite parce qu'ils auraient mille fois préféré que je foire mes études et que j'entre dans n'importe quelle boîte de n'importe quel ami de mon père. Enfin, « ami. » Fallait le dire vite. C'était plutôt des relations. Un réseau. Un entre-soi. Peuplé de gens qui se rendent des services et attendent qu'on leur en rende en retour. Des gens qui se serrent les coudes pour se partager les plus grosses parts du gâteau et conserver le pouvoir dont ils jouissent depuis des générations.

Je toque et au bout d'une minute, j'entends sa voix s'élever. Peut-être qu'elle dormait.

— C'est qui ?

— Nathan. Je voulais savoir comment t'allais. Tu m'ouvres ?

Elle s'exécute et je la découvre pâle comme un linge et les yeux rougis. Hier quand je l'ai trouvée dans le parc on aurait dit un fantôme. Elle était immobile sur son banc, le téléphone à la main. Hébétée. Je crois qu'elle avait raccroché depuis au moins une demi-heure et qu'elle n'avait pas bougé depuis. Sous le choc. Anéantie. Ses parents l'avaient appelée pour la prévenir. Son frère renversé par un putain de chauffard qui avait pris la fuite. Son frère dans une chambre d'hôpital. Sans connaissance. Elle avait dit : j'arrive et ils avaient répondu : non, pas question. On te tient au courant.

— Ça va ? je lui demande même si je sais que c'est absurde.

Je ne vois pas comment ça pourrait aller. Elle est forcément dévastée. Rongée par l'inquiétude, la colère et le sentiment d'impuissance. Mais c'est plus fort que moi. L'habitude. On est tous pareils. Quand on voit quelqu'un, on lui demande comment il va, sans que ça ait vraiment de sens.

Elle ne me répond pas et retourne s'asseoir sur son lit. Sur la table sont étalés des feuilles de cours, des formulaires, des livres, des polycopiés.

— Alors c'était comment cette première journée ?

Elle hausse les épaules. Apparemment elle ne s'attendait pas à ça. Il n'y a qu'un seul cours en amphi. Tout le reste c'est comme au lycée. Elle fait partie d'une classe de trente-cinq étudiants. Elle a un emploi du temps. Des salles de cours où se rendre. Les profs font l'appel. Donnent des devoirs. Font même remplir des fiches de renseignement. Le seul truc qui change, c'est le calme. Il n'y a que des gens sérieux là-dedans. Ils ont tous été sélectionnés sur dossier. Ont tous décroché des mentions bien ou très bien au bac. Ils sont là pour bosser. En tout cas, pendant les cours. Personne ne bavarde. Personne ne déconne. Tout le monde prend ses notes en silence.

— Et ils ont l'air sympa ?

— Je sais pas. Franchement je sais pas. J'ai pas fait gaffe.

— T'as pas sympathisé avec quelqu'un ?

— Si. Une fille qui s'est assise à côté de moi en macroéconomie. Anna. Mais bon, on a juste échangé trois mots.

— T'as pas bouffé avec elle ?

— Non. J'avais pas faim. Et puis presque personne mange au resto U.

— Ils mangent où alors ?

— Au café. Au resto. J'ai regardé les prix en passant. Je sais pas comment ils font. Tout est tellement cher.

— Ben, ils doivent avoir du fric. Tu sais, je les connais les petits fils à papa qui sont dans cette fac. Ils ont dix-huit balais et sortent leur carte bleue sans réfléchir. Leurs parents sont blindés. Ils viennent tous des beaux quartiers.

— Moi aussi je viens des beaux quartiers, elle répond avec un sourire un peu triste en désignant la chambre, ses neuf mètres carrés et la moquette grise un peu sale, la cabine de douche en plastique et les murs jaunis dont la peinture s'effrite un peu partout.

Je lui propose de lui préparer un thé. Elle hoche la tête. Elle est déjà repartie loin dans ses pensées.

— T'as des nouvelles ? je demande pendant que je remplis d'eau la petite casserole et la pose sur le réchaud électrique.

Elle n'émet pas le moindre son. Quand je me retourne, elle est calée contre le mur. Les bras autour de ses jambes, elle ferme les yeux. Je sors de ma poche le sachet que m'a filé Su. Un thé spécial, elle m'a dit. Qui réchauffe le cœur et apaise les nerfs. Je fais infuser les herbes et je m'approche d'elle avec la tasse brûlante.

— Léa ?

Elle ouvre les yeux et on croirait qu'elle se demande ce que je fous là tout à coup. Qu'elle avait oublié ma présence.

— Tiens, je lui dis en lui tendant son infusion. Il faut que j'y aille. Si t'as besoin de quoi que ce soit, va voir Su. Elle vient de rentrer. N'hésite pas. En attendant, bois. Ça va te faire du bien.

— Reste un peu, s'il te plaît.

— OK. Cinq minutes alors.

Je m'assieds près d'elle. Elle porte le liquide brûlant à sa bouche. Repose sa tasse. Me prend la main et referme les yeux. Je l'imite. Je fais le vide dans ma tête. Je laisse mon cerveau décoller. D'abord c'est tout noir. Et puis peu à peu ça s'éclaire. Et je distingue une forme sur un lit. Ça se précise peu à peu. C'est un adolescent. Une chambre d'hôpital. Il est relié à des perfusions. Des capteurs collés sur sa peau transmettent des données qui s'affichent sur un écran. Autour de lui s'activent des médecins, des infirmières. Il semble dormir paisiblement. Il est très pâle dans la lumière crue. Sa peau se confond avec le drap. Je garde les yeux fermés. Je me focalise sur son visage étroit. Ses cils très longs pour un garçon. Son nez droit. Ses cheveux mi-longs. Il ressemble à sa sœur. Sous les paupières j'imagine les mêmes yeux bleu-gris. Je m'y glisse. Tout est blanc. Comme une vaste étendue de neige. Ne me parviennent que des sons étouffés. La voix de soignants qui s'affairent autour de lui, sûrement. Mais c'est comme s'ils étaient dans une autre pièce. Qu'au travers des murs ne parvenaient que des bribes.

Je rouvre les yeux. Léa me fixe, intriguée. Elle retire doucement sa main de la mienne.

— Il est beau, je dis. On dirait qu'il dort. Un sommeil sans rêve, sans douleur, sans bruit. Un sommeil de coton.

Elle me regarde de travers. Sa bouche se tord. Je vois bien qu'elle se demande à quel jeu je joue. Si je me fous d'elle ou quoi. Je vais devoir m'expliquer. Pas sûr qu'elle me croit. Et dans le cas contraire, il y a de grandes chances pour qu'elle me plante après m'avoir traité de psychopathe et m'avoir foutu sa main dans la gueule. Ce ne serait pas la première fois.

gabriel

Merde. Mon père est déjà rentré. J'ai vu la voiture de remplacement garée devant la maison. La sienne est au garage. Un truc avec l'embrayage, il m'a dit. En tout cas, ça l'a mis de mauvaise humeur. Déjà qu'il est tout le temps tendu. Et plus encore depuis que j'ai foiré mon bac. Cela dit sur ce point, je ne peux m'en prendre qu'à moi-même. C'est vrai que j'ai rien branlé l'an dernier. Mais je pensais que ça passerait. Maintenant je m'en mords les doigts. Ça me gonfle de repiquer pour un an au lycée, alors que tous les autres sont à la fac, en DUT, en BTS. Il y en a même trois au quatre en prépa. Des fayots dont les parents sont médecins, cadres ou je ne sais pas quoi. Ça me fait bizarre d'être au bahut sans eux. Si moi aussi, j'étais à l'université ou ailleurs, ce serait dans l'ordre des choses de plus trop les voir. Mais là. Les mêmes profs, les mêmes salles de classe. Et plus personne. Plus d'Alex. Plus d'Alban. Plus de Chloé. Et putain : plus de Léa.

J'entre et depuis le couloir, j'aperçois mon père devant la télévision. Je ne sais pas ce qu'il peut bien regarder à cette heure. Sûrement une de ces émissions de débats sur l'actualité ou la politique qui le foutent toujours en rogne. À l'entendre ils sont tous complètement cons : journalistes, élus, spécialistes, pas un pour relever l'autre.

— Alors pourquoi tu les regardes ? lui demande toujours ma mère.

Ce à quoi mon père ne répond jamais.

Je passe une tête et il émet un genre de grognement en guise de salut. Je le sens sur les nerfs. Sur le point d'exploser pour un rien. Il est toujours comme ça quand il est contrarié. Qu'il a des problèmes au boulot. Qu'ils se sont engueulés avec maman. Ou que je le déçois. Bon, là, même si je sais que ça va lui coûter bonbon, la bagnole, je sais pas, il y a quand même pas de quoi tirer la gueule pendant cent sept ans. Mais faut croire qu'il aime ça, faire la tronche. La moindre occasion est bonne. Je sais pas comment maman peut supporter ça.

— Il est fatigué, faut le comprendre, elle dit toujours. Il bosse dur, tu sais.

— Et alors ? je réponds. Toi aussi tu bosses dur. Et en plus tu te tapes les courses, la bouffe, le ménage.

— Eh ben t'as qu'à m'aider un peu, elle me lance avec son petit sourire malicieux.

L'aider, moi j'ai rien contre. Mais au final elle refuse toujours quand je le lui propose. Elle me dit que j'ai mieux à faire. Mes devoirs. Voir mes potes. Mes entraînements de basket. Lire. Écouter de la musique.

— T'auras bien le temps de t'emmerder avec les trucs chiants du quotidien quand tu seras plus vieux…

Mais je suppose qu'elle n'est pas à une contradiction près. Comme presque tout le monde, j'imagine.

Je dis à papa que je monte bosser sur mes devoirs.

— T'as intérêt, il grogne sans détourner le regard des types qui parlent sur fond bleu dans la télé.

Je grimpe dans ma chambre. Je redescendrai quand maman sera rentrée. J'ai toujours du mal à être seul avec mon père. Comme si au fond, ce n'était pas naturel. On ne sait jamais trop quoi se dire. Et je sens que je l'insupporte. Quand ma mère arrive, ça change la donne. Elle fait tampon. Et puis avec elle, je m'entends bien.

Je pose mon sac près du lit et je m'allonge. Je mets le dernier Lomepal et j'attrape les manettes. Je lance NBA sur la console. J'essaie de me concentrer sur le jeu. J'enchaîne les dunks avec LeBron James mais je suis pas assez attentif en défense et je me retrouve mené au score en moins de deux. J'ai la tête ailleurs. Léa prend toute la place dans ma cervelle. C'est déjà le cas d'habitude. Des années que c'est le cas. Depuis le collège. Mais aujourd'hui c'est pire parce que je m'en fais pour elle. J'ai croisé Chloé au centre-ville. Elle descendait du bus qui la ramenait de l'IUT de Mantes-la-Jolie où elle s'emmerde à mort si j'ai bien compris. Elle m'a dit en rigolant que j'avais de la chance d'avoir foiré mon bac. Qu'elle aurait dû faire pareil. Quitte à ne pas pouvoir se tirer d'ici, elle aurait autant aimé repiquer pour un an au lycée. Et puis elle m'a appris la nouvelle. Le frère de Léa renversé par un gros bâtard qui s'est tiré sans rien dire à personne et qui l'a laissé comme une merde, inanimé sur le bord de la route. Et Antoine plongé dans le coma sans que personne puisse dire quand il va bien pouvoir se réveiller ni dans quel état. Ça m'a broyé le bide d'imaginer Léa dans cette situation, anéantie par l'accident de son frère, morte d'inquiétude.

Soudain la porte s'ouvre. Mon père apparaît. Son visage est rouge et ses yeux sont glauques comme quand il a trop picolé. Ses lèvres serrées se tordent en un rictus mauvais. Il s'avance vers moi sans un mot. M'arrache la manette des mains. Débranche la console et la prend sous son bras. Et se met à me hurler dessus que je suis censé travailler, bordel. Qu'il en a marre de mes conneries. Marre d'entretenir une grosse feignasse. Je lui réponds que j'allais m'y mettre, je faisais juste une partie, putain. Le putain, j'aurais pas dû. Il pose la console et fonce vers moi en me demandant s'il a bien entendu. Si j'ai bien dit «je faisais juste une partie, putain». Il m'attrape par le col et colle son front contre le mien. Il serre tellement fort que j'ai l'impression que mon crâne va exploser.

— Écoute-moi bien, il grince entre ses dents. Je vais pas me laisser emmerder par un petit con dans ton genre. Alors tu fermes ta gueule et tu te mets au boulot immédiatement. Et si je t'entends encore une fois me répondre sur ce ton, je te prie de croire que tu vas le regretter. C'est pigé ?

Il se redresse et me regarde avec un air de dégoût. Puis il récupère la console et sort de la chambre avant de claquer la porte.

chloé

J'ai croisé Gabriel en rentrant. Il revenait du lycée. Je le plains. Se retaper une année de terminale alors qu'on s'est tous barrés. La lose. D'autant plus qu'il avait hâte de se casser de chez ses parents. Avec son père, ça a toujours été chaud mais c'est encore pire ces derniers mois, je crois. Mais bon, s'il voulait vraiment se tirer, le plus simple, c'était quand même d'éviter de redoubler. Il a rien foutu de l'année ce con. S'est reposé sur ses « facilités ». Les profs ont toujours dit ça de lui. Qu'il était doué mais du genre branleur. Je crois qu'il s'était fourré dans la tête que ça passerait quand même. Il disait toujours qu'une fois à la fac il s'y mettrait. Il rêvait d'une licence de cinéma à Paris. Même si c'était pas gagné que ses parents le laissent faire. Le cinéma ils n'étaient pas vraiment pour. Et Paris encore moins. Surtout Paris. Mais il n'en démordait pas. J'aurai dix-huit ans et je ferai ce que je voudrai. Je me trouverai un job et je prendrai une coloc en banlieue. C'était ça son plan. À mon avis, plus que la licence de cinéma et la coloc, c'était de suivre Léa, même de loin, qui le motivait.

Parfois il me fait de la peine. Depuis le temps qu'il la mate du matin au soir sans qu'elle donne rien en retour. Je crois que jamais elle ne l'a envisagé autrement que comme un bon pote alors qu'il est dingue d'elle. Qu'il ne voit qu'elle et personne d'autre. Surtout pas moi. C'est quand même con. Il n'aurait qu'un mot à prononcer. Mais c'est à peine s'il me voit. Et s'il me voit, c'est parce que je suis la meilleure amie de Léa, point barre. Le monde est mal foutu. J'aime Gabriel qui aime Léa qui s'en fout ou semble ne rien voir. Pourtant c'est comme le nez au milieu de la figure. Il est toujours aux petits soins pour elle. La bouffe des yeux en permanence. Rit à la moindre de ses blagues. Mais je ne sais même pas s'il a retenté sa chance un jour. Depuis le collège et le gentil râteau qu'elle lui a mis pendant le voyage scolaire à Londres. Après ça, je crois qu'il s'est plus rien passé. À part un putain de baiser sur la bouche pendant un action ou vérité en fin de troisième. On était chez Léa, ses parents nous avaient laissé la maison pour la nuit, on était tous complètement bourrés, quelqu'un a proposé ça comme si on était encore en primaire, ça a fait marrer tout le monde mais on s'y est mis quand même et franchement j'ai eu envie de frapper Alex quand il a ordonné à Léa d'embrasser Gabriel. J'aurais tout donné pour que ce soit moi à sa place. Je me disais que s'il posait ses lèvres sur les miennes il aurait une révélation. Mais ça ne s'est pas passé comme ça et j'ai enfoncé mes ongles dans ma paume pendant que Léa entrouvrait sa bouche et la collait à celle de Gabi en se marrant. N'empêche qu'elle a mis la langue, la salope. Ça a dû être le plus beau jour de sa vie, à Gabriel.

Quand on s'est croisés tout à l'heure, on a bavardé pendant dix minutes. On s'est donné des nouvelles. Et à la fin ça n'a pas manqué, il m'en a demandé de Léa. Il a rougi comme un débile quand il a prononcé son prénom et d'abord j'ai eu envie de pipeauter un max, j'ai eu envie de lui raconter que Léa était super heureuse à Paris, qu'elle squattait dans un super appart, qu'elle adorait les cours à la fac, qu'elle s'était déjà fait plein de potes et qu'elle avait flashé sur un beau gosse du seizième arrondissement qui avait sa propre voiture et parlait de l'emmener en weekend dans sa maison de famille à La Baule mais j'ai pas eu le cœur. Je suis pas comme ça. Je l'ai vu blêmir quand je lui ai raconté le dernier coup de fil qu'elle m'avait passé. Le pauvre Antoine à l'hôpital. Et elle qui n'avait qu'une idée en tête : être vendredi pour rentrer ici et voir son frère même s'il y avait aucune chance qu'il s'en rende compte ou que ça change quoi que ce soit.

Ça lui a fichu un coup, à Gabriel. On aurait dit que c'était son propre frère qui était à l'hosto sans connaissance. Mais j'ai vu que quelque chose en lui s'animait quand il a compris que Léa serait dans le coin ce weekend alors qu'il ne pensait pas la croiser avant les vacances de la Toussaint. Et puis il m'a demandé s'il y avait une enquête en cours, si les flics cherchaient l'enfoiré qui avait renversé Antoine avant de prendre la fuite, si quelqu'un avait vu quelque chose.

— Non personne, j'ai répondu. Apparemment y a pas de témoin. Aucun signalement. Ils vont enquêter mais ils ont rien. Ils ont retrouvé des bouts de phares et des éclats de peinture. Il paraît que d'après ça ils peuvent déterminer la marque et le modèle de la bagnole. Mais vu le nombre de caisses en circulation, c'est un peu comme chercher une aiguille dans une meute de chiens.

— Une meule de foin, il a corrigé comme s'il croyait que je l'avais pas fait exprès, histoire de détendre l'atmosphère.

J'ai toujours remarqué ça chez lui. Il est assez premier degré comme mec. Mais c'est aussi ce qui fait son charme C'est un vrai gentil. Pas cynique. Jamais ironique. Et c'est rare. Mais il peut aussi être drôle, Gabriel. En tout cas moi je le trouve drôle. Des fois.

antoine

C'est blanc. Partout. Un champ de neige immense, sous un ciel incroyablement lumineux. Je flotte à quelques centimètres du sol. Des sons assourdis me parviennent comme à travers un mur. À un moment j'ai senti que je quittais mon corps. Je ne sais plus quand c'était. Il y a deux secondes. Deux heures. Deux jours. Deux mois. Je me suis élevé. Je planais au-dessus d'un lit blanc, au milieu d'une pièce aux murs bleus. Il y avait quelqu'un sous le drap et des gens autour, en blouse. Quelqu'un que je ne connaissais pas. Et qui m'était pourtant familier. Comme un souvenir oublié dont persiste une trace. Une empreinte effacée. J'ai passé une porte et j'ai vu mes parents assis côte à côte. Ils se tenaient la main. J'ai senti une grande bouffée d'amour et de chaleur m'envahir. J'ai essayé d'attirer leur attention mais ils n'ont pas esquissé le moindre mouvement. Alors j'ai fait demi-tour. J'ai retrouvé mon enveloppe corporelle. Et depuis tout est blanc. Partout. Un champ de neige. Un présent sans durée. Au loin je devine des silhouettes. Elles semblent errer. Mais elles sont trop imprécises pour que je reconnaisse qui que ce soit. Juste, à un moment, je vois s'approcher un grand type aux longs cheveux noirs et vêtu de sombre. La trentaine ou pas loin. Il reste un instant, sa présence est douce et bienveillante. Puis il s'éloigne avant de disparaître tout à fait.

Tout est blanc. Je ne sens pas mon corps. Je ne sens rien. Aucune douleur. Rien ne me pèse. Tout est léger. Je flotte. Reposé. Je ne ressens aucune tension. Aucune angoisse. Juste une sorte de douceur qui m'enveloppe. Une profonde sensation de bien-être. Qui se suffit à elle-même. Je n'ai jamais connu ça. Un si profond sentiment de paix. De détachement. De calme. De repos. Je voudrais que ça ne s'arrête jamais.

Lise

Je lui ai donné rendez-vous porte Maillot. Je fais plusieurs fois le tour de la place. Et puis je finis par la voir. Je ne m'attendais pas à quelqu'un de si jeune. Elle monte et s'installe à la place passager. Je la salue et on s'engage sur le périphérique. Elle ne va pas jusqu'à Rouen. Ça m'aurait arrangé question partage des frais, mais je n'ai trouvé personne qui faisait le trajet à part elle sur BlaBlaCar. Bon. Je ne suis pas non plus dans la dèche au point de pas pouvoir payer l'essence pour cent cinquante kilomètres. Mais la vérité c'est qu'on en a pour deux heures, que je fais ça, aller-retour, tous les week-ends et que j'en ai marre d'être tout le temps toute seule dans ma Micra. Ça me fait de la compagnie et j'en ai besoin. Sinon je crois que je passerais le voyage à pleurer au volant.

Elle ne dit rien. Fixe l'asphalte tandis que nous quittons le périphérique pour nous engager sur l'autoroute. Je lui demande si la musique lui convient et elle me répond d'un signe de tête que ça va, oui, avant d'ajouter qu'elle aime bien Pomme, elle aussi.

— C'est un peu triste mais je sais pas. Bizarrement c'est une tristesse qui fait du bien. Qui console.

C'est exactement ce que je ressens moi aussi. Je n'ai jamais compris à quoi ça servait d'écouter des chansons gaies quand on ne va pas très bien, qu'on a des problèmes. Déjà, c'est rarement beau quand c'est joyeux. Et en plus c'est comme si ça passait sur une autre fréquence. Que ça parlait une langue qu'on n'est pas en mesure de comprendre. Alors qu'un truc vraiment beau et qu'on arrive à capter, parce qu'on est sur la même longueur d'onde, ça, ça fait du bien. De toute façon, en ce moment, il n'y a que la douceur qui me convienne. Ça tombe bien : cette fille à côté de moi sur le siège passager, avec ses longs cheveux bruns, ses silences et sa voix un peu voilée a l'air douce. Douce et intelligente. Douce et lucide. Et ça me plaît. Parce que la douceur, c'est le contraire de la mièvrerie. La douceur, c'est la force.

— Tu fais l'aller-retour toutes les semaines toi aussi ? je lui demande.

— Non. Pas toutes les semaines. Enfin, je sais pas encore. J'habite à Paris depuis quelques jours seulement.

— T'es étudiante ?

Elle hoche la tête et je me dis qu'elle a de la chance. J'aimerais bien être encore étudiante, moi aussi. Les fêtes dans les bars d'Oberkampf ou de Bastille, ou dans les appartements minuscules des uns ou des autres. La musique à fond, le vin, la vodka. La sueur des garçons mêlée au parfum des filles. Les joints, les cigarettes. Les baisers. Les corps qui s'entrechoquent et se mêlent. Le cinéma, les parcs aux beaux jours. Les quais de Seine, le canal. Les bières dans des verres en plastique. J'aimerais bien revenir à cet âge-là. Même les cours, ça m'irait. Et surtout mon père ne serait pas malade. Je le rejoindrais certains week-ends à Rouen, on irait se balader dans les rues de la vieille ville ou à la campagne, et on se passerait des films en noir et blanc en avalant une pizza le samedi soir. Ou bien il viendrait me rejoindre à Paris et il m'emmènerait au Parc des Princes pour les matchs. Je donnerais tout pour un PSG - Lyon à ses côtés, engoncés dans nos gros manteaux en hiver, hurlant comme des débiles à chaque action chaude. Je donnerais tout pour le voir ailleurs que dans un hôpital désormais, tellement affaibli qu'il lui arrive de dormir tout le temps de mes visites, ou de s'embrouiller dans ses phrases, ses souvenirs, quand enfin il parvient à parler, quand enfin il finit par me reconnaître. Certaines fois il me confond avec ma mère, qui est pourtant morte il y a longtemps – j'avais huit ans. D'autres, il croit que je fais partie du personnel soignant, que je suis sa sœur, une collègue, une amie d'enfance, peu importe.

La route défile et j'écoute Léa me parler de son frère. Son accident. Le coma. Putain. On s'est bien trouvées, elle et moi. À faire la route pour aller parler à des gens absents. Je ne sais jamais quand mon père est vraiment là, avec moi. La plupart du temps il évolue dans le brouillard. Une autre réalité. Souvent dans un passé où ma mère vit encore, où sa sœur habite avec lui chez leurs parents, où il est encore au lycée et amoureux de cette copine avec qui il a vécu sa première grande histoire d'amour. Léa, elle, ne sait pas si son frère va percevoir sa présence, entendre les mots qu'elle va prononcer.

D'ailleurs, elle ignore si elle en sera capable. Parler comme ça toute seule dans une chambre d'hôpital à un corps inanimé, un être aimé et endormi, même si ce n'est pas vraiment de sommeil dont il s'agit, enfin elle n'en sait rien, en tout cas elle se demande si elle pourra. Je tente de la rassurer, lui dit qu'on s'habitue, qu'il ne faut rien lâcher et que tout ce qui peut aider son frère à s'accrocher est utile. Je sais que les cas n'ont rien à voir l'un avec l'autre mais je répète quand même ce que m'ont dit les médecins au sujet de mon père.

On arrive aux abords de la ville où vit Léa. Je ne m'y suis jamais arrêtée. Me suis toujours contentée de passer au large, d'en apercevoir les contours depuis l'autoroute. Je la dépose sur le parking du Leclerc comme convenu. Son père doit venir la chercher. Elle me remercie et sans réfléchir je lui dis que peut-être, on pourrait faire le retour ensemble dimanche soir. Elle accepte et je la regarde s'éloigner. J'ai encore une trentaine de minutes de route. Elle va me manquer. Je monte le son de la radio pour réduire le silence au néant.

Léa

Quand mon père est venu me chercher sur le parking du Leclerc tout à l'heure, j'ai eu l'impression qu'il avait rétréci. Il essayait de donner le change mais ça se voyait qu'à l'intérieur, tout avait été réduit en charpie. Dans la voiture, on ne s'est presque rien dit. Il voulait que j'attende qu'on soit avec maman à la maison pour raconter ma semaine. Ma vie à Paris. Il m'a juste répété ce qu'il m'avait déjà dit au téléphone. Personne ne savait combien de temps Antoine allait passer dans cet état. Mais les médecins avaient bon espoir. Ils répétaient ça tout le temps, sans qu'on sache vraiment ce qu'ils entendaient par là. Bon espoir de quoi ? Qu'il finisse par se réveiller ? Qu'il émerge avant d'avoir trop de séquelles ? Qu'il ouvre les yeux dans quelques jours, quelques heures, comme neuf ? En attendant, avec ma mère, ils se débrouillaient pour venir le plus possible. Avec le boulot c'était pas facile mais ça allait. Le patron de maman s'était montré compréhensif. Elle arrivait en milieu d'après-midi avec son ordinateur et travaillait à distance, tout en veillant sur Nathan. Quant à mon père c'était plus compliqué mais il se pointait le matin avant le boulot, et le soir en rentrant. Et puis Antoine avait un peu de visite par ailleurs. Chloé était passée. Et Hugo se ramenait chaque jour après les cours. Heureusement que sa mère travaillait à l'hôpital, d'ailleurs. Elle venait voir mon frère aussi régulièrement que possible. Avant et après son service. À la pause. Dès qu'il y avait un moment de calme aux urgences. Ça limitait les moments où Antoine restait sans compagnie.

Ma mère nous attendait devant la maison. Elle avait pris mille ans elle aussi. Elle s'est précipitée sur moi et m'a serrée dans ses bras. On est restées longtemps enlacées comme ça sur le perron, dans le halo des réverbères. Perdues. Hébétées. En miettes. À la fenêtre de sa chambre, j'ai aperçu Chloé. On s'est fait signe et je suis rentrée dans la maison. Maman avait préparé un dîner tardif. Du poulet. Des poivrons. Du riz. Un silence pesant s'est installé. On avait tous les trois le cœur serré et les mots restaient coincés dans la gorge. Mais on était ensemble et c'était l'essentiel. Maman m'a demandé comment se passait la fac et ma vie au sixième étage et j'ai répondu que tout roulait, je prenais mes marques. Je n'ai pas parlé de mes voisins bizarres. Boris, qui avait remis ça avec Gloria et ça avait duré plus longtemps encore que la dernière fois. Serguei, que j'avais fini par croiser dans le couloir, comme Nathan me l'avait prédit, à moitié à poil sous un peignoir en soie, et qui m'avait reluquée de haut en bas, puis de bas en haut, avant de s'arrêter ostensiblement sur mes hanches et mes seins et de me demander, clin d'œil à l'appui, si je comptais bientôt passer boire un verre chez lui. J'ai juste évoqué Nathan sans mentionner ce truc bizarre qu'il prétendait faire quand il restait complètement immobile les yeux fermés. Son genre de pouvoir. Sa capacité à visualiser les proches des gens dont il tenait la main, à les observer dans leur sommeil, et au bout d'un moment à capter des images de leurs rêves. J'ai juste dit qu'il était gentil. Un fils de riches qui se rêvait écrivain, noircissait des milliers de pages dont personne ne voulait et faisait le serveur en attendant. J'ai aussi mentionné Su. Elle m'avait filé des cachets à base de plante pour dormir et d'autres pour la concentration que j'avalais avant d'aller en cours. Depuis qu'elle avait appris pour Antoine, chaque soir elle toquait à ma porte et m'offrait des barquettes de nourriture confectionnée par ses soins. J'ai répété à mes parents ce que Nathan m'avait raconté. Ses enfants restés au pays. L'argent qu'elle envoyait à sa famille une fois qu'elle avait payé les passeurs et la somme exorbitante qu'ils réclamaient parce qu'elle refusait de faire la pute. Mes parents ont eu l'air horrifiés. Ma mère surtout. Elle semblait toujours abasourdie devant la violence de notre monde. Vraiment elle n'arrivait pas à s'y faire. Ça la dépassait.

— Et l'université, alors ? Raconte.

Je leur ai dit ce qu'ils souhaitaient entendre. Je ne voulais pas les perturber. Oui je m'étais déjà fait des potes, oui les cours étaient super. Le dîner s'est achevé et mes parents sont montés se coucher. J'ai fait mine de les imiter. Chloé était à sa fenêtre et je lui ai fait signe que j'arrivais.

Chloé

La maison est déserte. Comme tous les samedis matin, mes parents sont partis au supermarché avec mon frère pour faire les courses de la semaine. La belle vie. Tu bosses toute la semaine et quand t'as enfin un peu de temps pour toi, faut encore se taper les rayons glauques et la queue du Leclerc. Mais c'est un des rares moments où j'ai la maison pour moi toute seule et j'aime bien.

Tout à l'heure, par la fenêtre de la cuisine, j'ai vu Léa et ses parents monter dans leur caisse. Ils devaient partir pour l'hôpital. J'y suis allée moi aussi, l'autre jour. C'était bizarre et triste. Antoine les yeux fermés allongé au milieu du lit et relié à sa perfusion. Les écrans où s'affichaient son rythme cardiaque et tout un tas de courbes dont j'ignorais la signification. Vraiment glaçant. Carrément déprimant. À mon arrivée, il n'était pas seul. Hugo se trouvait près de lui et j'ai peut-être rêvé, mais il lui tenait la main. Il l'a retirée précipitamment quand la porte s'est ouverte. Enfin, c'est ce que j'ai cru voir. Je me trompe peut-être. On s'est fait la bise et il m'a dit que justement il s'apprêtait à partir, il avait rendez-vous je sais pas où et il allait finir par être en retard. Je me suis retrouvée seule avec Antoine. Je sais que j'étais censée lui parler comme s'il pouvait m'entendre mais j'ai rien trouvé à lui dire. Je suis restée plantée comme une conne une vingtaine de minutes et je me suis tirée. Je sais même pas pourquoi j'y suis allée au juste. Sûrement parce que Léa me l'avait demandé.

— Je veux pas qu'il soit seul trop longtemps, elle m'avait dit. Si tu peux passer de temps en temps ce serait bien.

Elle est arrivée hier soir et on s'est retrouvées une fois que ses parents sont montés se pieuter. Les miens étaient devant la télé mais mon père ronflait depuis déjà pas mal de temps. Ma mère m'a demandé où j'allais à cette heure.

— Léa est là pour le week-end, j'ai répondu.

Elle a acquiescé sans quitter l'écran des yeux. C'était les dernières minutes de *Koh Lanta*. Les rouges étaient en train d'éliminer l'un des leurs.

— Rentre pas trop tard, elle a fait au moment où Denis Brogniart annonçait un troisième vote contre Fabrice.

Je suis sortie et Léa m'attendait dans la rue. On a marché dans le lotissement désert. J'ai allumé une clope et on se l'est partagée en bavardant un peu. J'ai essayé de lui remonter le moral. Elle n'était pas en forme, voyait tout en noir. Ses voisins bizarres et sa solitude dans sa chambre de bonne à Paris. Les difficultés qu'elle avait à mener ses journées en dehors des cours. À part traîner dans le parc elle ne savait pas trop quoi faire de son temps. Tout était cher. Le ciné, les expos, les musées, les concerts. Les cafés. Les bars. Alors elle passait le plus gros de son temps dans sa chambre. Et pour ce qui était des cours, ce n'était pas ce qu'elle avait espéré. Au lycée quand on parlait d'économie, c'était surtout la lutte contre le chômage, la précarité, les inégalités qu'on étudiait. Et notre prof était surtout branché socio. C'est le seul truc qui l'intéressait vraiment dans le programme. Léa avait cru que ce serait pareil en licence. Mais visiblement ce n'était pas le cas. On allait surtout leur apprendre à maximiser les profits des entreprises, à améliorer les marges, à être compétitifs, à gérer les ressources humaines et à booster la productivité. Et pour ce qui était de ses camarades, elle les sentait mal. Ils avaient l'air tellement à l'aise, tellement sûr d'eux. Ils portaient tous au moins cinq cents balles de fringues sur la peau, se prenaient grave au sérieux, et se retrouvaient pour boire des coups dans des bars hors de prix ou sortir dans des boîtes près des Champs-Élysées. Ils avaient tous l'air ultra-friqués, parlaient de leurs vacances à l'étranger ou dans leurs maisons de famille. Certains avaient déjà leur propre voiture. Et ils savaient tous ce qu'ils voulaient faire dans la vie : bosser dans la finance ou dans une start-up et se faire un max de pognon. À leurs côtés, Léa se sentait à part. Trop timide. Trop hésitante. Trop mal habillée. Trop pauvre.

— Ah ça, j'ai pas ce genre de problème, moi, je lui ai dit. Mais à mon avis tu te fais des idées. Ils peuvent pas être tous comme ça. Et les cours, tu vas voir, y aura aussi des trucs intéressants. Au début c'est toujours un peu chiant parce qu'ils posent les bases. Mais au fil des mois ça va s'améliorer. À mon avis tu vois tout en noir en ce moment à cause d'Antoine. C'est normal. Mais dès qu'il sera tiré d'affaire ça ira mieux. Tu verras les choses autrement. T'es dans une fac hypercotée. T'as ton appart. T'es libre. À Paname. T'as trop de chance.

Elle a hoché la tête sans paraître convaincue. On a quitté le lotissement pour entrer dans la forêt. Les arbres étaient noirs et le vent sifflait dans la nuit. Léa marchait devant moi. Je lui ai demandé de m'attendre et j'ai attrapé sa main. La forêt dans l'obscurité, ça m'a toujours fait flipper. Elle, elle adore ça. Les bruits d'animaux invisibles. L'odeur de terre humide. Le frémissement du vent dans les arbres. Les croassements sinistres des corbeaux. On a entendu de la musique au loin. Des éclats de voix. Le tintement des bouteilles. Des rires. Ça venait de la clairière habituelle. Ça faisait longtemps que je n'y étais pas allée. Depuis la rentrée, en fait. Je crois que personne de la bande n'y allait plus. Ça avait duré un peu après le bac, le temps des vacances, et puis tout le monde était passé à autre chose. On s'approchait et je me disais qu'on n'allait connaître personne là-bas. Ou alors juste des premières de l'an dernier qu'on croisait dans les couloirs du lycée, dont on finissait par reconnaître les visages au fil des mois mais rien de plus. Mais je me trompais. Du moins en partie. On a débouché sur la clairière et il y avait une dizaine de mecs et de filles qui buvaient des bières au goulot. Certains étaient assis sur des couvertures. D'autres dansaient un joint au bout des doigts, les yeux tournés vers la lune. Dans un coin, deux couples étaient occupés à se rouler des pelles en se pelotant. Tout le monde nous a regardées. J'ai reconnu quelques visages du lycée. Des types et des meufs qui devaient être en terminale maintenant. Et puis, j'aurais dû m'en douter. Il était en terminale, lui aussi. Bien sûr. Gabriel était là. Putain. Son regard quand il a vu Léa… On aurait dit que Scarlett Johansson et Emma Stone venaient d'entrer dans son champ de vision. Il s'est levé comme monté sur ressort. Il m'a à peine calculée. Il n'y avait que Léa qui comptait, comme toujours. Il l'a présentée à tout le monde. Il a ajouté « et sa pote Chloé » quand même. Ils ont tous levé leurs bouteilles vers nous. Gabriel a invité Léa à s'asseoir près de lui. Il lui a passé son joint et tendu une bouteille. Je me suis retrouvée comme une conne debout au milieu de ceux qui dansaient. Alors j'ai fait comme eux. J'ai attrapé une bouteille et j'ai dansé sous la pleine lune. Et quand un des types s'est approché et a commencer à me frôler je l'ai laissé faire. D'abord parce qu'il était plutôt pas mal. Ensuite parce que ça faisait des semaines que personne ne m'avait embrassée. Et enfin pour faire les pieds à Gabriel même s'il s'en foutait, restait collé à Léa et la bouffait des yeux tandis qu'elle répondait à ses foutues questions sur son frère à l'hôpital, le choc que c'était pour toute la famille et la peur panique qui leur rongeait le bide, sur sa vie à Paris, sur la fac, sur sa chambre sous les toits, et son unique fenêtre donnant sur la façade de la cathédrale orthodoxe russe et son christ noyé sous les dorures.

Je suis encore en pyjama mais je sors quand même de la maison pour fumer ma clope tant que les parents sont pas là. Je sais, c'est con à mon âge de fumer en cachette. Mais la clope, ça les obsède. Ma mère râle dès qu'elle croise quelqu'un qui fume dans la rue. Elle n'hésite pas à râler à haute voix que ça pue, elle fait même semblant de tousser pour bien faire comprendre aux fumeurs qu'ils l'incommodent. Ça me fout la honte à tous les coups. J'ai toujours envie de m'excuser pour elle.

J'allume ma cigarette et je vois Gabriel se pointer sur son vélo. Il n'habite pas le quartier pourtant. Mais ce qu'il vient faire là, c'est pas difficile à deviner. Il n'en a pas eu assez hier soir. Il vient rôder dans l'espoir d'apercevoir Léa. Je me demande bien ce qu'il aurait trouvé à lui dire si elle avait été là, tiens. Comment il aurait expliqué sa présence ici.

Il ne me voit pas, les yeux rivés à la maison d'en face, scrutant la fenêtre de la chambre de Léa. Je l'appelle et il sursaute. Me regarde comme si je venais de le prendre en faute.

— T'arrives trop tard, je lui dis. Elle est déjà repartie.

— Quoi ? À Paris ?

— Mais non. Pas à Paris. Elle doit être à l'hosto. Je crois qu'elle va y passer la journée et qu'elle reviendra que ce soir. Tu veux une clope ?

— Non, merci, ça va.

Et il repart comme si vraiment je ne valais pas la peine qu'on s'attarde. Ça me bouffe mais je ne peux pas m'empêcher de le trouver beau, ce con. Et cette nuit j'avoue, quand le type m'embrassait, c'est pas parce que c'était si bon que ça que je fermais les yeux. C'était juste pour pouvoir imaginer que c'était la langue de Gabriel qui caressait la mienne.

hugo

J'ai croisé ma mère dans le hall en arrivant. Elle m'a prévenu qu'il y avait déjà du monde dans la chambre. J'ai répondu que j'y allais quand même et elle m'a regardé avec cet air un peu ému qu'elle a toujours quand on parle d'Antoine. Elle a tellement de la peine pour lui. Et pour moi. Ça la perturbe de me voir passer autant de temps à son chevet. Je lui ai dit à ce soir et nous sommes partis chacun de notre côté. Elle en direction des urgences. Et moi vers les services de réanimation.

Quand je suis entré, les parents d'Antoine sont venus m'embrasser. Putain. Ils étaient tellement pâles et usés. Je me suis senti mal. C'est complètement débile, mais je ne peux pas m'empêcher de me sentir responsable de la situation. C'est en rentrant du tennis qu'Antoine s'est fait renverser. Et c'est bien pour jouer avec moi qu'il y était. Je sais : c'est con. Mais des fois on est traversé par des pensées absurdes qu'on ne parvient pas à contrer. Comme si on ne maîtrisait pas vraiment son propre cerveau. Qu'il était notre propre ennemi. J'ai contourné le lit et je me suis assis près de Léa. Elle était en vrac elle aussi. Elle m'a salué du bout des lèvres, m'a remercié de venir aussi souvent.

— C'est normal, j'ai répondu.

On est tous restés un moment silencieux. Le chagrin était tellement palpable. Il recouvrait tout. Au bout d'un quart d'heure, les parents d'Antoine sont sortis boire un café et on s'est retrouvés tous les trois seuls dans la chambre. Antoine inanimé, Léa déboussolée, et moi qui n'en menais pas large. Elle tenait la main de son frère dans la sienne et j'aurais tellement voulu faire pareil. Deux jours plus tôt j'avais osé. Mais Chloé était entrée sans prévenir et j'avais dû retirer ma main en vitesse. Je ne sais pas si elle m'a vu. Je lui ai trouvé l'air gênée. Mais je crois que c'était surtout d'être là auprès d'Antoine. Elle ne devait pas se sentir à sa place. Elle devait se demander ce qu'elle foutait là. Pourtant, elle le connaît depuis toujours. Fréquenter Léa, c'est forcément se farcir son frère, vu comme ils sont proches tous les deux. Tellement proches que ça me rend jaloux, parfois. Ça a beau être mon pote, on a beau être tout le temps fourrés ensemble, il y aura toujours une part de lui qui m'échappera et à laquelle Léa a accès. Ils se disent tout. N'ont pas besoin de parler pour se comprendre. C'est comme un genre de télépathie entre eux. Une connexion surnaturelle.

— Qu'est-ce que tu fais quand tu viens ? m'a demandé Léa.

— Ben je sais pas. Je lui parle. Ma mère dit qu'on sait pas ce qu'il perçoit ou non mais que dans le doute faut lui parler, le solliciter.

— Tu lui parles de quoi ?

Je n'ai répondu qu'une partie de la vérité. Je lui ai dit que je lui racontais tout ce qu'il manquait au collège, que je le tenais informé des résultats sportifs. Ce genre de trucs.

— Je lui fais un peu la lecture, aussi. Je lui fais écouter de la musique. Des morceaux à lui, surtout. De temps en temps je lance un épisode d'une série qu'il aime bien sur mon ordi. Mais des épisodes qu'il a déjà vus. Je veux pas le spoiler. On sait jamais. Voilà, quoi.

Le reste, les confidences que je lui glisse à l'oreille et que je n'oserais jamais lui faire s'il entendait vraiment, ça je l'ai gardé pour moi. Le temps que je passe à le regarder aussi.

Léa m'a proposé de me laisser un peu seul avec lui mais je lui ai répondu que c'était pas la peine. Elle avait la priorité, c'était normal. Si elle le voulait bien, en revanche, j'allais rester encore un peu, pas longtemps, je ne voulais pas encombrer.

— T'encombres personne, Hugo. Il a de la chance, d'avoir un ami comme toi, elle a dit tout en fouillant dans son sac.

Elle en a sorti un tube et l'a pressé pour en extraire une goutte de pommade qu'elle a recueillie sur un doigt. Puis elle s'est levée et a étalé ça sur le front d'Antoine.

— C'est quoi ? je lui ai demandé.

— Un truc que m'a filé ma voisine chinoise. Ça vient de son pays. Elle m'a dit que ça pouvait aider Antoine à revenir parmi nous. J'y crois pas trop mais ça peut pas faire de mal, non ?

— Les médecins t'ont donné l'autorisation ?

— Je leur ai pas demandé. C'est juste des plantes, je crois. Je sais pas. C'est pour faire quelque chose. C'est trop dur d'avoir prise sur rien comme ça. De juste attendre qu'il se réveille.

Finalement je suis resté plus longtemps que prévu. Les parents d'Antoine sont revenus dans la chambre et on a parlé de tout et de rien. À un moment ma mère nous a rejoints et ils nous ont proposé de venir dîner chez eux. Maman a botté en touche, je ne sais pas pourquoi. Elle a prétendu qu'elle ne voulait pas les déranger. Elle est ressortie de la chambre et je l'ai imitée vingt minutes plus tard.

antoine

Toute cette brume autour de moi. Ce grand voile de fumée blanche. J'entrevois des silhouettes. Elles semblent toujours flotter au loin. J'essaie de m'approcher mais impossible de les rejoindre. Elles prennent la fuite. S'éloignent à mesure que j'avance. J'accélère et soudain je les discerne un peu mieux mais à nouveau elles se perdent dans la matière nuageuse. À un moment j'ai cru reconnaître ma grand-mère. Elle était assise sur une chaise pliante et tricotait, comme elle le faisait toujours quand j'étais petit et que je jouais dans le parc en bas de son immeuble. Elle a regardé dans ma direction, a semblé surprise, puis émue et au bout d'un moment m'a fait signe de m'en aller. Elle avait l'air en colère. Après ça, la brume s'est dissipée d'un coup et j'ai soudain été enveloppé par une sensation de chaleur. J'ai cru sentir une partie infime de mon corps. Comme si on me touchait. Mon front, je crois. C'était comme une légère brûlure. Autour de moi tout est devenu limpide. Toujours aussi blanc mais limpide. Et j'ai entendu des voix. J'ai reconnu celle de Léa. Celle d'Hugo. Les mots n'étaient pas clairs. Ça semblait venir de loin. Mais je les ai reconnus. J'ai pensé qu'ils étaient quelque part, près de moi. Perdus eux aussi dans le grand désert blanc. J'ai pensé que j'allais les retrouver. Qu'ils allaient me rejoindre. Et qu'on allait flotter pour toujours tous les trois dans ces grandes étendues paisibles, heureux, légers, délivrés. J'ai senti une immense paix, une grande joie lumineuse m'a envahi à cette idée. Et puis tout s'est éteint.

gabriel

Une fois arrivé devant l'hôpital, j'ai pensé : ça n'a aucun sens. Qu'est-ce que je fous là ? Je veux dire : je le connais à peine, Antoine. Qu'est-ce qui justifierait que je me présente dans sa chambre ? D'autant plus que Léa était avec ses parents. Je les ai imaginés me voir apparaître et se demander ce que je fichais là. Et elle avec eux. Je suis resté un moment à traîner sur le parvis. Des fois qu'elle sorte prendre l'air quelques minutes. J'aurais pipeauté que j'étais là pour voir un oncle hospitalisé ou un truc dans le genre. Mais elle n'est pas venue. À la place, c'est le grand pote d'Antoine que j'ai vu se pointer. Il m'a salué d'un coup de menton en passant devant moi.

— Attends, j'ai fait. T'étais avec Antoine ? Comment ça se passe ?

— Ben il se passe… que rien ne se passe. Il est toujours sans connaissance. Il n'y a pas d'évolution.

— Putain. Ça doit être bizarre. Il est comment ?

— Je sais pas. Pâle.

— Pâle ?

— Ouais. On dirait qu'il dort mais en même temps, c'est pas pareil. Il est livide. Quelquefois son pied s'agite un peu. Ou sa main. Et par moments on voit ses yeux bouger bizarrement sous les paupières. On croirait qu'il va se réveiller mais non. Et tout d'un coup il redevient complètement immobile.

— C'est chaud. Et Léa ?

— Ben Léa, je sais pas trop. Elle tient le coup mais je crois que c'est vraiment dur. Elle y est en ce moment. Je pense qu'elle reviendra demain.

— Tu crois qu'elle va rester là, maintenant ?

— Là ? Tu veux dire : chez ses parents ? Non. Elle va retourner à Paris. Et elle rentrera s'il se passe quelque chose. Et sûrement le week-end prochain sinon.

Il a semblé sur le point de fondre en larmes et m'a fait signe que son bus arrivait. Je l'ai regardé s'éloigner alors qu'il commençait à pleuvoir.

Quand je suis rentré chez moi, j'ai vu que mon père avait récupéré sa voiture. Elle était comme neuve. Les types de l'atelier ne s'étaient pas contentés de la réparer. Ils l'avaient briquée à mort. À l'extérieur comme à l'intérieur. Ça changeait. Le vieux n'était vraiment pas du genre à nettoyer sa bagnole le week-end devant la maison, ni à l'emmener chez Éléphant bleu ou dans n'importe quelle station de lavage le samedi matin… J'ai poussé la porte et il était debout dans la cuisine. Il avait un papier à la main et je l'ai vu le ranger dans la pile de courrier en attente.

— Tu viens d'où comme ça ? il m'a demandé d'une voix sèche.

— De nulle part. Je traînais, c'est tout.

— Ouais. Ça, pour traîner, t'es là.

— Laisse-le un peu tranquille, est intervenue ma mère depuis le salon. C'est samedi. Il a le droit de s'amuser un peu.

— Il fait que ça, s'amuser, a grogné mon père avant de sortir dans le jardin s'occuper des plantations.

— Fais pas attention, m'a lancé ma mère. Il est de mauvais poil.

— Ouais. J'ai remarqué. Mais c'est peut-être pas une raison pour passer ses nerfs sur nous. Je vous ai entendus vous engueuler, ce matin.

— Ça arrive dans tous les couples, mon chéri.

Je l'ai rejointe sur le canapé. Elle feuilletait son *Elle* en sirotant son café. Elle avait l'air crevée. Souvent elle passait son week-end à glander. Après sa semaine de travail, elle avait plus la force de rien. Et en plus il fallait qu'elle se tape les sautes d'humeur de papa. Parfois je me demandais si elle était quand même un peu heureuse. Gamin, je ne me posais jamais ce genre de question. Mais depuis quelques années ça me traversait l'esprit : avec mon père ils ne semblaient pas s'aimer tant que ça. Elle sortait peu. Son boulot l'épuisait. C'était sûrement pas la vie dont elle avait rêvé quand elle avait mon âge. Même si je suis pas sûr qu'on rêve vraiment à quoi que ce soit de précis à dix-huit ans. Le champ des possibles est plutôt réduit, quand on y pense. Un boulot. Une maison. Une famille. Moi, à part Léa, je ne rêve pas à grand-chose, j'avoue. Ni personne autour de moi. Dans ma classe, de toute façon, ils sont tous persuadés que le monde va vers son extinction. Que tout va s'effondrer et qu'on est condamnés à survivre parmi les ruines. Notre avenir, c'est le réchauffement de la planète et l'épuisement des ressources. Personne ne voit autrement ni au-delà.

— T'as eu des nouvelles de ta copine et de son frère ? elle me demande en se pelotonnant contre moi.

— Oui. Je l'ai vue hier soir. Elle est là pour le week-end. Mais y a rien de neuf. Son frère est toujours dans le coma.

— Ça doit être horrible pour elle. Et pour les parents. J'espère qu'il va s'en sortir.

— Ouais. Et qu'ils vont mettre la main sur l'enculé qui lui a fait ça.

— Gabriel ! Parle pas comme ça.

Je me suis levé pour me servir à boire dans la cuisine. Par la fenêtre, j'ai vu mon père qui fendait des bûches comme si elles étaient ses ennemies personnelles. Son visage était rouge. Il était défiguré par quelque chose qui ressemblait à de la rage. Sur le plan de travail, j'ai repéré un plat sous un torchon.

— C'est quoi ? j'ai demandé à ma mère.

— Ah, c'est une tarte. J'ai pensé que tu pourrais la porter aux parents de Léa. J'ai croisé sa mère avant-hier. Je lui ai demandé si je pouvais faire quelque chose pour eux. Évidemment elle a répondu que non mais je me suis dit qu'au moins je pouvais leur préparer un gâteau. Elle me couvrait toujours de compliments, quand j'en faisais pour la fête de l'école en primaire. Je savais plus où me mettre.

J'ai l'air con, maintenant, avec ma tarte sous le bras. Je sais pas ce qui lui a pris à ma mère. Elle regarde trop de séries américaines. Je veux dire : c'est que dans ce genre de trucs, qu'on voit ça, non ? Les voisins ou les connaissances qui amènent à bouffer aux familles en deuil ou frappées par un drame. Mais dans la vraie vie, en France, ça n'existe pas. Si ?

Je sonne et la mère de Léa me regarde hébétée. Je crois qu'elle a du mal à me remettre. Et puis oui, elle connecte. Gabriel. Le pote de Léa. Je lui tends la tarte, lui précise que c'est de la part de ma mère. Elle semble un peu décontenancée. Et prend le plat en me disant qu'il ne fallait pas.

— Remercie bien ta maman surtout, elle ajoute. Et… Tu veux voir Léa ? Elle est dans sa chambre. Tu veux que je l'appelle ?

— Ben… Je veux pas la déranger.

— Oh, tu la dérangeras pas. Tu vas pas repartir sans la voir, quand même. D'autant que maintenant vous avez plus l'occasion de vous croiser au lycée.

Je ne lui dis pas qu'on s'est vus cette nuit même. Je ne veux pas lui causer d'emmerdes, à Léa. Elle est majeure, ses parents sont sympas mais je crois pas qu'ils aimeraient savoir qu'elle sort la nuit pour aller faire la fête dans la forêt. Les miens, j'ai toujours bien pris garde de le leur cacher en tout cas. Je leur raconte toujours que je passe la soirée chez un pote et que je reste dormir.

Dans son dos, je vois apparaître Léa. Elle est flanquée de Chloé, pour changer. Putain. Qu'est-ce que je dois faire pour avoir la chance de la croiser seule au moins une fois dans ma vie, bordel ?

hugo

Après l'hôpital, je suis rentré en bus, j'ai récupéré mon vélo et je suis reparti aussi sec. Je n'avais pas envie de rester seul à la maison. J'ai roulé en direction du club de tennis. La pluie avait cessé et des types échangeaient des balles sur les cours humides. Je les ai regardés jouer un moment et j'ai senti les larmes me monter aux yeux. Jusque-là j'avais tenu bon. J'étais sous le choc. Comme anesthésié. Mais maintenant toutes sortes de pensées noires voletaient dans ma tête. Et si Antoine ne se réveillait jamais ? Et s'il se réveillait sans aucun souvenir de rien, sans mémoire. S'il m'avait oublié. Et s'il se réveillait handicapé ? J'ai senti monter en moi la panique. L'air avait du mal à pénétrer mes poumons. Il me restait coincé dans la gorge. Ça faisait si longtemps qu'on ne se quittait plus, lui et moi. Depuis le primaire. Je ne pouvais pas imaginer ma vie sans lui. Jamais je n'aurais assumé de dire un truc pareil en public mais c'était la vérité.

— Ça va, Hugo ? T'as pas l'air bien.

J'ai sursauté. C'était Chloé. Elle sortait de son entraînement et s'apprêtait à rentrer chez elle avant de retrouver Léa. Ça m'arrivait souvent de la croiser au club. Et aussi chez Antoine, quand je passais la soirée avec lui et qu'elle passait la sienne avec Léa. Elles adoraient nous asticoter quand elles étaient ensemble. Nous appeler les nains même si on les dépassait d'une bonne tête, ou faire mine d'en avoir marre qu'on soit dans leurs pattes. Chloé aimait bien faire des allusions louches au fait qu'on était toujours fourrés ensemble. Elle nous demandait en se marrant si on était contents que le mariage gay soit légalisé maintenant, si on comptait avoir des enfants. Mais je lui en ai jamais voulu. C'étaient juste des taquineries. Elle nous avait à la bonne, dans le fond, je le savais.

Je me suis tourné vers elle et j'ai eu beau essayer de me retenir, ça a été plus fort que moi. J'ai craqué et elle m'a pris dans ses bras.

— C'est dur, je sais. Mais il va se réveiller tu vas voir. Tu vas le retrouver.

Elle s'est écartée de moi avant d'essuyer mes larmes avec son pouce.

— Allez. Faut être patient. On peut rien faire d'autre.

Je l'ai regardée s'éloigner, son sac de raquettes dans le dos. Elle était belle. Même moi je le voyais. D'ailleurs elle plaisait bien à Antoine. Du moins c'est ce qu'il prétendait. Et aussi que ça le foutait en rage d'être si jeune. S'il avait eu quelques années de plus, il aurait tenté sa chance. Mais je n'y croyais qu'à moitié. C'était le genre de trucs qu'il ne disait qu'en présence des autres. Quand on était entre mecs et que ça parlait cul, que ça fanfaronnait, que le taux de testostérone était à son max. Dans ce type de situation, en général, je restais sur la réserve. J'ai toujours eu du mal à faire semblant. Mais Antoine, lui, il en faisait des caisses. C'est le roi de la comédie. Jamais vu un type capable de s'adapter à ce point à tout le monde et à toutes les situations. Comme s'il voulait à tout prix plaire à tous. Comme s'il voulait être certain que tout le monde l'apprécie en toutes circonstances. Savoir en permanence qu'il était digne d'être aimé. Comme si, au fond, il en doutait.

J'ai quitté le club à mon tour. Je suis remonté sur mon vélo et me suis dirigé vers la forêt. Je ne m'étais toujours pas rendu sur les lieux. Léa m'avait indiqué l'endroit exact. Qu'est-ce que j'imaginais trouver ? Des éclats de verre ou de peinture arrachée à la carrosserie ? Des bouts de phare ? Des traces de sang ? La forme du corps d'Antoine allongé sur le bas-côté ? Sa silhouette dessinée à la craie comme dans les séries américaines après un meurtre ? Des indices ? Un signe ? Bien sûr il n'y avait rien de tout ça. Tout avait été effacé. Comme s'il ne s'était rien passé. Comme si ça n'avait pas la moindre importance.

Je suis rentré à la maison à la nuit tombée. Maman était seule dans le salon. Elle n'avait pas allumé les lumières. Elle ne s'est pas aperçue tout de suite de ma présence. Elle se tenait immobile dans la pénombre. Elle ne faisait rien. Elle semblait perdue. Absorbée en elle-même. Et son corps tremblait un peu. J'ai allumé la lumière. Elle a sursauté et m'a lancé un regard effrayé. Son maquillage avait coulé sous ses yeux. Des traînées noires zébraient ses joues.

— Maman ? Qu'est-ce qui se passe ? Ça va pas ?

— C'est rien mon chéri. J'ai eu une journée difficile à l'hôpital. Je me suis fait engueuler par mon chef. T'inquiète pas.

Je me suis assis près d'elle et elle s'est laissée glisser contre moi. J'ai embrassé ses cheveux.

— Heureusement que je t'ai, toi, elle a soupiré avant de se redresser et de respirer un grand coup. Ça te dirait qu'on aille au cinéma, ce soir ? Histoire de se changer les idées.

J'ai répondu pourquoi pas et elle s'est levée pour se préparer. Elle s'est remaquillée et a vérifié qu'elle avait bien tout dans son sac pendant que je regardais le programme et les horaires sur mon téléphone. On est sortis de la maison et je me suis dirigé vers le garage mais elle m'a arrêté.

— Tu préfères pas qu'on y aille à pied ? elle a demandé. Tu sais que j'aime pas conduire. Et puis j'ai envie de marcher. Ça va me faire du bien de prendre l'air.

Ça me disait moyen, le parcours n'avait rien de passionnant, le ciel était menaçant, mais j'ai accepté. J'avais beau n'être rentré que depuis peu de temps, moi aussi, j'avais encore besoin d'air.

chloé

Il était si mignon avec sa tarte. Mais j'ai bien vu que ça le saoulait que je sois là. Qu'il avait espéré que Léa serait seule. Mais quoi ? C'est pas de ma faute si les parents de Léa m'ont proposé de rester dîner avec eux. Et dormir tant qu'on y était.

On a fumé ensemble devant la maison. Je guettais en permanence la fenêtre du salon de chez moi pour être sûre que mes parents ne me voyaient pas. Un instant on s'est posé la question d'aller faire un tour en forêt mais il avait plu. Tout allait être trempé. Aucun de nous n'avait envie de se vautrer dans la boue. De toute façon il n'y aurait sûrement personne. Et puis j'étais crevée. Le tennis m'avait flinguée. Sans compter que je n'avais pas trop envie de retomber sur le mec de la veille. Avant que je parte, il m'avait demandé mon numéro et je lui en avais donné un faux. Pour le nom aussi j'avais menti, histoire qu'il ne me retrouve pas sur Insta ou Snapchat. J'avais dit tout ça à voix suffisamment haute pour que Gabriel entende. Je voulais qu'il sache que je n'avais aucune intention d'aller plus loin avec ce type. Même s'il s'en foutait complètement.

Léa lui a proposé de se joindre à nous dans sa chambre. On n'avait rien prévu de spécial. Écouter de la musique. Bavarder. Regarder des épisodes de *Brooklyn Nine-Nine* pour se marrer un peu. Gabriel a accepté. Je l'ai regardé se déchausser bien gentiment dans l'entrée puis monter l'escalier avant de pénétrer dans la chambre. Il avait les yeux écarquillés. Regardait partout autour de lui, avec une intensité bizarre. C'était la première fois qu'il mettait les pieds dans la chambre de Léa. Je crois qu'il n'en revenait pas et essayait de tout enregistrer. La couleur de la couette. La disposition des oreillers. Les livres et les décorations sur les étagères. Les affiches accrochées aux murs. Les stickers qui recouvraient presque intégralement l'armoire où elle rangeait ses vêtements.

Léa s'est affalée sur son matelas et a attrapé sa télécommande pour monter le son de la musique. Je me suis installée près d'elle. Elle lui a fait signe de nous rejoindre et on s'est retrouvés tous les trois collés les uns aux autres, à moitié allongés à moitié assis. Dans sa poitrine, le cœur de Gabriel a dû arrêter de battre. La vache ! À défaut d'être dedans, il était sur le lit de Léa. Et elle y était aussi. Le hic, c'est que j'étais entre les deux. J'ai senti mon rythme cardiaque s'emballer quand ma cuisse a frôlé celle de Gabriel. J'avais une furieuse envie de l'embrasser. On est restés une bonne heure comme ça à écouter des chansons en regardant des conneries sur YouTube. Puis Léa a lancé Netflix et l'épisode a commencé. Peralta faisait le con comme toujours. Léa et Gabriel se marraient comme des baleines. Moi j'avais du mal à me concentrer. J'arrêtais pas d'observer Gabriel qui regardait Léa à la dérobée. Ses yeux ne cessaient pas de faire la navette entre l'écran et son visage.

On s'est enfilé quatre épisodes et au bout d'un moment je me suis rendu compte que je n'entendais plus Léa rire.

— Je crois qu'elle s'est endormie, a chuchoté Gabriel avant de se lever.

Je lui ai dit qu'il n'avait pas besoin de partir pour autant. Qu'il pouvait rester un peu et me tenir compagnie. J'étais à deux doigts de lui confier ce que j'avais sur le cœur : ça faisait des années que j'étais dingue de lui et il n'avait aucune chance avec Léa. OK elle n'était pas prise en ce moment mais à mon avis ça n'allait pas tarder. Elle allait rencontrer un type à la fac. Et puis il y avait son voisin, là, Nathan, dont elle n'arrêtait pas de parler. Un beau type ténébreux et plus âgé qu'elle qui lisait dans les rêves ou je ne sais pas quoi. C'était tellement sexy, le coup du voisin de vingt-huit balais écrivain maudit / serveur répudié par ses parents. Tellement romantique. Je voyais pas comment elle allait pouvoir résister longtemps. Mais je n'ai rien dit. Gabriel s'est penché pour me faire la bise et j'aurais tant voulu avoir le courage de lui voler un baiser. Il s'est redressé et a quitté la chambre. J'ai entendu son pas faire craquer le bois de l'escalier. Un peu plus tard, la porte d'entrée a claqué. Je me suis levée et je l'ai regardé s'éloigner dans la lueur des réverbères, au milieu des maisons toutes pareilles.

gabriel

Il est tard mais il y a de la lumière dans le salon. Ça doit être mon père. Maman est sortie pour une fois. Elle dîne avec des copines et ne rentrera pas avant deux ou trois heures du matin. Il a tiré la gueule quand elle le lui a annoncé. Il déteste qu'elle fasse des trucs à elle, sans lui, qu'elle ait sa propre vie. Je ne sais pas pourquoi. Je crois qu'il ne supporte pas qu'elle lui échappe. Il lui reproche toujours de « l'abandonner ». Et quand elle est là, c'est-à-dire quasiment tout le temps, il peut passer des soirées entières sans lui adresser la parole, planté devant la télé, avec ses bières.

Je m'engage direct dans l'escalier en espérant qu'il ne s'occupe pas de moi mais j'entends sa voix s'élever et me sommer de venir le voir.

— Qu'est-ce tu foutais ? T'étais où ?

— Avec des potes.

— T'aurais pu prévenir quand même. C'est pas un putain d'hôtel ici. T'étais où exactement ?

— Chez une copine.

— Une copine ?

— Oui.
— Quelle copine ?
— Léa.

Il détourne le regard de l'écran de télévision et me fixe avec un mélange de stupéfaction et de dureté qui me cloue sur place.

— Qu'est-ce que tu foutais chez elle ?
— Maman m'a demandé de leur apporter une tarte. Léa était avec une copine à elle et m'a proposé de rester un peu.
— Une tarte ?
— Ben oui. Une tarte.
— Ta mère a fait une tarte et t'a demandé de leur porter ?
— Ben oui. Elle a de la peine pour eux. Elle savait pas quoi faire pour leur fournir un peu de réconfort. Alors elle leur a fait une tarte.

Il grogne quelque chose dans sa barbe. Je crois entendre « putain quelle conne celle-là » mais je dois me tromper. En tout cas il a l'air furieux. Je ne sais pas ce qui lui prend. C'est vrai qu'il m'engueule souvent quand je rentre tard sans prévenir, qu'il me reproche de trop sortir, à l'entendre je devrais rester dans ma chambre à bûcher mes cours en permanence, si on l'écoutait je ne devrais jamais rien faire d'autre que bosser, jamais quitter la maison à part pour le lycée, même pas pour le basket, mais d'habitude il ne s'inquiète pas spécialement de savoir avec qui je traîne. D'ailleurs il ignore le nom de la plupart de mes potes. Sauf Léa parce que, à l'époque du primaire et au début du collège, sa mère et la mienne avaient un peu sympathisé. Des relations banales de parents d'élèves, qui se distendent quand les enfants grandissent. Et puis bien sûr, ça fait plusieurs jours qu'avec maman on parle d'Antoine. Tout le monde en parle dans cette ville, de toute façon. Il ne se passe jamais grand-chose. Un gosse qui se fait renverser dans la forêt par un chauffard qui prend la fuite, c'est quand même un genre d'événement.

Mon père saisit la télécommande et éteint la télévision. Il se lève et se dirige vers moi avec un air si mauvais qu'un instant je me demande s'il ne va pas me frapper. Mais il me passe à côté en maugréant qu'il va se coucher et que si je veux un conseil, mieux vaudrait que j'arrête d'emmerder cette pauvre famille qui n'a rien demandé et qui a besoin de tout sauf de s'encombrer d'un crétin dans mon genre. Après quoi il monte l'escalier d'un pas lourd et claque la porte de sa chambre.

Je reste un moment à errer au rez-de-chaussée. J'ai rien bouffé ce soir et j'ouvre le frigo pour voir s'il reste quelque chose. Un bout de poulet rôti ou de fromage dans l'idéal. Mais il n'y a rien de ce genre. Juste des steaks à cuire et des packs d'Heineken. Je me rabats sur un pot de fromage blanc 0 % de ma mère, que j'agrémente de sucre. En douce, je débouche une bouteille de rouge entamée et j'en bois quelques gorgées. Pas trop, pour pas que ça se voie. Je m'adosse au plan de travail et je fouille machinalement dans la pile de courriers, de factures et de documents administratifs que mes parents posent toujours là en attendant de les traiter, de les ranger ou de les jeter. Je fais défiler les documents et je finis par tomber sur une facture du garage Renault. Sûrement celle de la réparation de l'embrayage. Vu son humeur massacrante ces derniers jours, j'imagine que ça a vraiment dû lui coûter bonbon. Je la déplie, je regarde la somme en bas et effectivement, y a de quoi être en rogne. Mon père dit toujours qu'on est à sec, et que les fins de mois difficiles, chez nous, ça commence le 10. Je ne sais même pas comment il a pu régler une somme pareille. Je regarde le détail des réparations et bizarrement il n'est pas question d'embrayage ni de quoi que ce soit de mécanique. C'est surtout de la carrosserie, de la peinture et des pièces détachées (bloc de phare, pare-chocs et bouclier). Je replace la facture au milieu de la pile, exactement comme je l'ai trouvée. Je sens que je tremble. Je finis mon fromage blanc dégueulasse et je monte dans ma chambre. Je m'installe sur mon lit sans allumer la lumière. Je mets la musique pas trop fort pour pas me faire engueuler. Je ferme les yeux. J'essaie de ne plus penser à cette histoire de facture, même si je sais qu'elle va me bouffer le cerveau jusqu'à la dernière miette, maintenant. Je m'efforce de penser à autre chose. Je me concentre et tente de tout visualiser. La chambre de Léa. Les meubles, les affiches, les objets. Son visage tandis qu'elle fixait l'ordinateur. Les trois fois où elle a surpris mon regard posé sur elle. Le corps de Chloé contre le mien et j'aurais tellement voulu que ce ne soit pas le sien.

Léa

Salut. Je ne sais pas si tu m'entends. C'est Léa. Je suis déjà venue hier, avec les parents. Je suis désolée de ne pas m'être pointée plus tôt mais papa n'a rien voulu savoir. Il ne veut pas que je rate les cours. Il m'a dit : on est là, nous, et puis il y a les soignants, et Hugo. Il m'a dit : on l'entoure, on lui parle, on ne le laisse pas seul même si on ne sait pas si ça sert à quoi que ce soit, s'il s'en rend compte ou non. C'est déjà assez de malheur. Ça nous fait du bien de savoir que toi tu commences ta nouvelle vie à Paris, que tu vas à la fac, que tu apprends des choses, que tu rencontres des gens, que tu construis ton avenir. Alors je lui ai obéi mais j'ai pensé à toi tout le temps tu sais. Tout le temps. Tout le monde pense à toi. Tout le temps. Les parents. La famille, qui appelle tous les soirs à la maison pour prendre des nouvelles. Hugo. Tes potes du collège. Tes profs. Même des gens que tu connais pas. Genre, la mère de Gabriel nous a fait porter une tarte hier soir. Tu le crois ça? Et Chloé. Elle t'aime bien dans le fond, tu sais. Elle a beau râler que t'es tout le temps dans nos pattes, c'est surtout pour te taquiner. Elle t'aime beaucoup et elle s'inquiète. Elle est même venue te voir. Bon, peut-être qu'elle t'aime pas comme tu le voudrais parce que t'es trop jeune mais elle t'aime bien. Enfin bref : de toute façon je sais jamais si je dois te prendre au sérieux quand tu dis que si t'étais plus vieux tu tenterais ta chance. Je crois que tu blagues au fond. Enfin. J'ai ma petite théorie là-dessus mais c'est pas le moment de te la balancer. Je ne vais pas te sortir un truc pareil sans que tu puisses répondre. Ce serait pas fair-play.

Ils disent qu'il faut qu'on te parle. Que c'est important. Je ne sais pas ce que tu perçois. Les livres que maman te lit. Les morceaux de musique qu'Hugo te passe. Ce qu'on te raconte. Moi je sais pas trop bien quoi te raconter. J'ai passé ma première semaine à Paris. J'arrive pas trop à savoir ce que ça me fait. Si j'aime ça. Je crois que je me sens seule. Mais j'ai pas eu le temps de me rendre compte de quoi que ce soit. Tout est allé très vite. Les parents ne m'ont pas appelée le soir même, mais le lendemain de ton accident. Et ça a pris toute la place. Ça a tout envahi. Mon cerveau. Mon cœur. Mes poumons. Mais bon. La chambre, je l'aime bien, je crois. Surtout la vue sur l'église et les arbres autour. Et le parc à côté. Les voisins sont un peu bizarres. Y en a qui me font peur. Mais il y a aussi un type sympa. Nathan. Un peu barré lui aussi. Il prétend qu'en te prenant la main et en fermant les yeux il peut voir les gens à qui tu penses dans leur sommeil, où qu'ils soient. C'est débile son truc. À quoi ça sert de voir des gens dans leur sommeil ? Il dit que certaines fois il peut rentrer dans leurs rêves. Qu'il en perçoit des bribes. Et aussi que s'il te touche pendant que tu dors, alors il peut entrer dans tes rêves à ton insu. Mais ça, il ne le fait plus depuis longtemps apparemment. Il m'a raconté qu'un jour, il était au lit avec sa copine, il lui tenait la main alors qu'elle dormait, il a fermé les yeux et il est entré dans ses songes. Et tu sais ce qu'il a vu ? Elle rêvait qu'elle baisait avec Pierre Niney et Gaspard Ulliel. Les deux en même temps. Et dans toutes les positions imaginables. Ça l'a vacciné. Ça et la fois où adolescent, il a pris la main de sa mère alors que son père était en déplacement, et a visualisé son daron dans un lit en train de pioncer avec une autre femme que la sienne. Une femme qu'il connaissait bien. Vu que c'était la sœur cadette de sa mère. Sa tante. T'imagines ? Enfin bref. Il dit qu'il t'a vu. C'est sûrement des conneries pour faire le malin. Ou alors il y croit vraiment et il est un peu taré. Mais je ne pense pas qu'il soit dangereux. Quand il m'a dit qu'il t'avait vu, j'ai bien senti qu'il avait peur que je lui en colle une ou que je quitte la pièce sans un mot. Mais je sais pas. Ça m'a fait du bien qu'il me raconte ça. Une partie de moi voulait le croire. Alors c'est ce que je lui ai dit. Que je le croyais. Et je sais pas, il a eu l'air tellement soulagé. C'était trop tard pour revenir en arrière. Il raconte aussi qu'il écrit. Qu'il veut devenir écrivain. Mais il est surtout serveur dans un bar. Il dit également que sa famille est pleine aux as et qu'ils l'ont répudié parce que, après ses études, il n'a pas voulu bosser dans un truc qui rapporte, une boîte prestigieuse ou qu'est-ce que j'en sais. Et qu'ils ont honte de lui parce qu'il est du genre un peu fragile, un peu torturé. Je crois qu'il pipeaute. Qu'il s'invente un personnage. Ce qui fait peut-être de lui un écrivain après tout. Les écrivains sont des menteurs.

C'est leur profession, au fond. Même ceux qui prétendent raconter vraiment leur vie. Dire la vérité. Tous des menteurs. C'est pour ça qu'on aime ça d'ailleurs. La vraie vie on l'a sous les yeux et elle est boiteuse, hachée, mal foutue. Elle ressemble à rien. Ça n'a aucun intérêt de la raconter telle qu'elle est. Au minimum il faut la réarranger. Putain. Voilà que je te fais un cours de littérature à deux balles. J'en étais où ? Ah oui. La chambre. Les voisins. Nathan et ses élucubrations. Sinon, ben la fac, c'est encore trop tôt pour me prononcer. Mais c'est pas ce que je croyais. Et tu verrais les étudiants. Des petits merdeux, des petits bourges, dirait papa. Ils me regardent de haut. Ils ont tellement l'air sûrs d'eux. Tellement l'air de savoir qui ils sont et vers où ils vont. Je crois qu'ils me trouvent coincée. Enfin c'est ce que je m'imagine. Mais je suis peut-être parano. Quoi ? Qu'est-ce que tu dis ? Je SUIS parano ? Ouais je sais. Tu me le répètes tout le temps. J'ai jamais eu confiance en moi. Ou alors si mais il y a longtemps. Quand j'étais gosse. Je me posais pas tant de questions. Tout allait de soi. Je ne me souciais pas du regard des autres. Je n'avais jamais honte de rien. Maintenant c'est le contraire. J'ai tout le temps honte de tout. De ma gueule. De mes vêtements. De ma timidité. De ma façon de parler. De mon manque de conversation. Tu les verrais les autres. Ils ont des trucs à dire sur tout. La marche du pays. La politique. L'économie. N'importe quelle connerie à la télé ou sur YouTube. Je suis d'accord avec rien de ce qu'ils disent mais je suis incapable de répliquer. Et puis surtout ils parlent que de trucs qui ne m'intéressent pas. Il y en a pas un qui lit. Au cinéma ils vont voir que des grosses bouses à pop-corn.

Quand tu leur demandes ce qu'ils écoutent comme musique ils répondent : un peu de tout. Sérieux. Qui écoute « un peu de tout » à part les gens qui n'aiment pas la musique ? Alors je parle à personne, à part cette fille, Anna, qui s'assied tout le temps à côté de moi en cours. Elle est encore plus timide que moi. Elle est un peu niaise et perdue. Elle est toute seule à Paris elle aussi. Elle vient de Bourges. Mais au moins, elle est gentille. C'est la seule qui s'exprime autrement que par sarcasmes. J'ai jamais compris ça. Cette manie qu'ils ont tous. Ils s'envoient des saloperies à la gueule à longueur de journée et on dirait que plus ils s'en envoient et plus c'est violent et plus ça signifie qu'ils se kiffent.

Enfin. Sinon ? Ben pas grand-chose. J'ai regardé une nouvelle série cette semaine. *Dead to Me*, ça s'appelle. Je sais c'est bizarre de regarder ça en ce moment. C'est l'histoire de deux femmes. Y en a une dont le mari est mort. Il s'est fait renverser par une voiture et le conducteur s'est tiré sans rien faire. L'autre est un peu barge et entre progressivement dans sa vie. Rapidement, elles deviennent amies. Et bon, je veux pas te spoiler mais assez vite on comprend que la deuxième était dans la bagnole qui a renversé le mec de la première. La première finit par s'en rendre compte. Et elle lui pardonne plus ou moins. Enfin, c'est plus compliqué que ça. Et bizarrement c'est une série assez marrante. Mais elle lui pardonne à peu près. C'est dingue, non ? Moi je peux te jurer, l'ordure qui t'a fait ça, tout ce que je souhaite c'est qu'elle crève. Pardon. Je pleure. Je pleure alors que c'est toi qui souffres. Ou peut-être que tu ne souffres pas. Peut-être qu'au contraire t'es bien, là où tu es. Que tu nages dans un putain d'océan de pure félicité. Personne ne sait. Mais je pense tout le temps à ce type qui t'a renversé. Je ne sais pas si les flics vont lui mettre la main dessus. S'ils vont pouvoir le faire payer pour son acte. Il y a une enquête, les parents t'ont sûrement dit. Ils ont retrouvé des éléments qui vont leur permettre de déterminer le modèle de la bagnole et son année de construction à deux trois ans près. Je ne sais pas comment c'est possible. Garde ça pour les scénars que tu veux écrire avec Hugo. Ça peut servir.

À propos d'Hugo, tu le sais déjà mais c'est un vrai ami. Il me fait de la peine. Il est tellement perdu sans toi, ça se voit. Mais là-dessus aussi, j'ai ma petite théorie et pour l'instant je la garde pour moi. Si tu veux la connaître, eh bien t'as qu'à te réveiller.

Tiens. Je te repasse un peu de ce truc que m'a donné la voisine. Elle dit que ça peut t'aider à revenir. Ah ! J'entends la voix de maman dans le couloir. Ils reviennent.

antoine

Je suis bien. Tellement bien. Je n'ai pas chaud. Je n'ai pas froid. Je n'ai mal nulle part. À vrai dire je ne sens pas mon corps. Délivré de mon propre poids. Léger comme une plume. Transparent comme l'air. Je dérive sans fin. Sans conscience du temps. Il ne passe ni vite ni lentement. C'est comme s'il n'existait pas. Comme s'il n'avait jamais existé. Comme si ça n'avait pas de sens là où je suis. Je n'attends rien. Rien n'a précédé. Rien ne se profile. Rien ne me manque. Je me contente de flotter dans la grande lumière blanche. Comme dans la mer tiède en été, sur le dos, les yeux rivés au ciel. Un moment parfait. Et qui n'en finit pas. Qui n'appelle rien d'autre que lui-même.

Je suis bien. Aucune pensée ne me traverse. Aucune angoisse. Comme un moment volé qui durerait éternellement. Un de ces rares instants où tout va de soi, où on se sent serein, délivré, parfaitement en paix.

Tout est ralenti. Adouci. Assourdi. Au-delà du blanc je ne perçois presque rien. Des voix lointaines de temps en temps. Mais je préfère m'en éloigner. Je ne comprends pas ce qu'elles disent mais je les reconnais. Hugo. Léa. Mes parents. Ce sont des voix emplies de tristesse. Des chants de détresse. Je préfère ne pas les entendre. Dériver sans fin. Le plus loin possible. De temps en temps aussi, il y a cette légère brûlure sur ce que je crois être mon front. Une légère pesanteur me gagne alors. Et les sons se font plus présents. Quelque chose autour de moi perd de sa luminosité. Un peu de gris s'immisce dans le grand blanc. Je n'aime pas ça. Je lutte. Je tente de regagner la grande lumière blanche. Je panique. J'ai peur de quitter cet endroit. D'être aspiré à l'extérieur. Mais ça ne dure jamais longtemps. Très vite je retourne à la légèreté parfaite de mes jours sans début ni fin.

Parfois c'est comme des rêves. D'abord tout devient noir. Puis se forment des images. Souvent je suis dans la forêt. Je marche parmi les arbres, traverse des sous-bois, des clairières. J'aperçois des gens. Certains que je connais. D'autres dont les visages ne me disent rien. Tous m'appellent. Me demandent de les rejoindre. Mais je ne réponds à personne. Je continue à marcher et bientôt je débouche sur une plage déserte. Ma grand-mère est toujours là sur une chaise pliante. Elle semble attristée de me voir. Ne comprend pas ce que je fais là. Me fait signe de rebrousser chemin. Mais je ne lui obéis pas. Je reste auprès d'elle. Puis quelque chose me tire en arrière. J'essaie de résister mais c'est impossible. Quelque chose m'aspire. Et je me laisse porter jusqu'à la grande lumière blanche.

Lise

Je suis sur le parking du Leclerc comme convenu. Je la vois arriver, accompagnée d'une blonde assez mignonne. Je lui fais un appel de phare et d'un geste de la main elle me signifie que c'est bon, elle m'a vue, elle arrive. Je les regarde se faire la bise, et s'échanger des sourires un peu tristes. Un instant j'ai peur qu'il soit arrivé quelque chose. Que l'état de son frère ait empiré. Qu'elle ait reçu de mauvaises nouvelles quant aux séquelles qu'il pourrait garder de tout ça ou à l'espoir qu'il se réveille un jour, bientôt, ou dans pas trop longtemps. Mais sitôt entrée dans la voiture, elle me dit que c'était dur de voir Antoine comme ça mais que ça va, enfin si on veut, en tout cas il n'y a rien de neuf, son état est stationnaire et les médecins ne sont pas trop alarmistes, il faut être patient, c'est tout ce qu'on peut faire. Ça et se relayer à son chevet pour le solliciter autant que possible, même si personne ne sait si ça sert vraiment à quoi que ce soit. Je démarre et comme à l'aller on bavarde de façon naturelle et décousue, comme si on se connaissait depuis longtemps. C'est même étrange que ce soit si simple de parler avec elle. J'ai dix ans de plus, le bac et les études c'est loin désormais, ça me semble faire partie d'une autre vie et je ne suis pas certaine qu'elle ait été la mienne. Je pense que si celle que j'étais à l'époque me rencontrait aujourd'hui, elle n'en reviendrait pas, me jugerait durement et ne m'adresserait pas la parole. J'ai si vite plongé dans la vie d'adulte. Je ne sais pas pourquoi. Les choses se sont faites malgré moi. J'ai vingt-huit ans et je suis mariée, mon mari et moi on pense à acheter une petite maison en banlieue pour le bien-être de nos enfants à venir, qu'on espère voir arriver le plus tôt possible. Une balançoire, un jardin, un barbecue, une voiture plus grande, voilà nos rêves. J'ai vingt-huit ans et je travaille dans la même boîte depuis la fin de mes études, six années déjà, j'ai des relations professionnelles avec des collègues, je bavarde avec eux à la machine à café, j'ai des rendez-vous, des réunions, mon job n'est pas passionnant mais je gagne correctement ma vie, toutes les deux semaines mon mari et moi nous dînons avec des amis, de temps en temps nous allons au cinéma, c'est une vie banale, tranquille, conventionnelle. La vie de tout le monde. Quel mal il y a à ça ?

Léa me demande : et ton père ? Ça a été ?

Je lui raconte. Papa endormi ou les yeux ouverts mais complètement absent et moi près de lui, démunie. Il ne m'a pas reconnue cette fois. N'a même pas semblé se rendre compte de ma présence. J'ai quand même passé deux après-midi à ses côtés, à lui parler de ma semaine au travail, à évoquer pour moi seule des souvenirs que nous devrions partager, les vacances à la montagne ou dans le sud de la France, la finale de la Coupe de monde que nous avions suivie dans un bar en Bretagne et c'était le jour de son anniversaire, la fois où une prof l'avait convoqué parce que j'avais fait un dessin la représentant nue en train de baiser avec le proviseur. Je lui ai lu les articles de *L'Équipe* de la semaine sur la Ligue 1, et des poèmes japonais piochés dans une anthologie de haïkus. J'ai mis *Docteur House* à la télé parce que ça me rappelait les soirées à le regarder ensemble sur TF1 quand je vivais encore avec lui. Ah tu te souviens de cet épisode, je lui disais, mais pas une fois il n'a réagi. À un moment un docteur a demandé à me parler et je l'ai suivi dans son bureau. Il m'a dit : voilà j'ai de mauvaises nouvelles, le traitement ne fonctionne pas, il y a eu un léger mieux au début mais à nouveau il dégringole. Je suis désolé mais il faut vous préparer au pire.

— Combien de temps, j'ai demandé ? Combien de temps ?

— On peut pas savoir. Un mois. Deux mois. Peut-être plus. Peut-être beaucoup moins.

— Beaucoup moins ?

— Oui. Beaucoup moins.

Léa pose sa main sur la mienne. Elle ne dit rien. Se contente de ce geste et c'est exactement ce dont j'ai besoin à cet instant. Le contact d'une main sur la mienne. Elle le garde longtemps comme ça. Jusqu'à ce qu'on s'engage sur le périphérique.

chloé

J'ai accompagné Léa jusqu'au parking. Au volant de la voiture il y avait cette fille, elle devait avoir trente berges ou pas loin. Elles avaient fait l'aller ensemble et s'étaient donné rendez-vous pour le retour et je sais pas, la manière qu'a eue Léa d'en parler, comme si elles se connaissaient depuis des mois, comme si elles étaient « amies », ça m'a énervée. D'un coup je me suis dit : et si cette femme était bizarre, si elle profitait de la détresse de Léa pour… Pour quoi au fait ? J'en sais rien. Mais ça m'a laissé un sentiment étrange. J'ai regardé la voiture s'éloigner avec la sensation glauque que je laissais Léa partir avec une folle, qui conduisait peut-être n'importe comment et allait lui causer un accident. J'ai toujours tendance à me faire des scénarios catastrophe sur tout, tout le temps. Enfin, je dis scénario mais ce n'est jamais si élaboré que ça. Ce sont juste des images, des flashs, tous plus morbides les uns que les autres. Léa le visage en sang dans la voiture encastrée dans un poids lourd. Léa dans la cave d'une maison, enchaînée à un radiateur.

Léa s'enfonçant une aiguille dans le bras et s'injectant de l'héroïne sous le regard de cette femme.

J'ai quitté le parking et je me suis dirigée vers l'arrêt de bus en espérant qu'il y en ait un qui passe dans pas trop longtemps. On était dimanche, le centre commercial était fermé, je ne connaissais pas les horaires par cœur mais il y avait de fortes chances pour que le service soit limité. Et c'est là que j'ai aperçu Gabriel. Je lui ai fait signe. Il m'a lancé son petit sourire coincé et s'est dirigé vers moi. J'ai cru qu'il était mal. Qu'il était gêné que je l'aie capté. Parce que bien sûr il n'avait rien à foutre dans le coin, bien sûr il nous avait suivies, bien sûr il espionnait Léa, ou tout du moins la matait de loin et évidemment c'était la honte. Un jour, Léa m'avait raconté que parfois son téléphone sonnait, c'était « numéro inconnu » qui s'affichait, et quand elle décrochait elle entendait juste quelqu'un respirer, ou alors une vieille chanson d'amour ringarde, du genre qu'écoutaient nos parents ou même nos grands-parents, avec des *je t'aime* et des *mon amour* dans tous les coins et elle se demandait si ce n'était pas Gabriel. Quand elle me racontait ça en souriant, je ne pouvais pas m'empêcher de penser que quand même, plutôt que de le laisser faire des trucs pareils elle pourrait peut-être lui dire en face une fois pour toutes qu'il n'avait aucune chance. Qu'elle l'avait rangé pour toujours dans la friend zone. Peut-être que comme ça il aurait peu à peu décroché. Et qu'il aurait commencé à regarder dans d'autres directions. La mienne, par exemple.

Mais je suis mauvaise langue. En fait Gabriel ne nous avait pas suivies à la trace pour apercevoir Léa. Non. C'est à moi qu'il voulait parler. Il y avait un truc qui lui bouffait le cerveau et il ne savait pas quoi en faire, ni avec qui le partager. Ça concernait Léa. Mais il pensait que c'était mieux de pas lui en parler pour le moment. D'autant qu'il se faisait peut-être des idées. C'est ce qu'il m'a dit pendant qu'on marchait côte à côte en direction du centre-ville.

— Je comprends pas. Qu'est-ce que tu veux pas lui dire ? je lui ai demandé.

— C'est au sujet de mon père.

— Ton père ?

— Ouais. Il est vraiment bizarre en ce moment.

J'ai pris un air étonné. Je savais que Gabriel ne s'entendait plus avec son père depuis longtemps. Depuis la fin de l'enfance en fait. Il y a des gens comme ça qui n'aiment leur fils ou leur fille que petits, qui ne supportent pas de les voir grandir, s'affranchir, répondre, devenir incontrôlable, leur échapper. Et puis il y avait eu le bac foiré, cette année de terminale durant laquelle Gabriel n'avait rien branlé. Ça avait dû rajouter de l'huile sur le feu. Ou de la neige sur la glace.

— Je sais. Mais il est encore pire que d'habitude, je t'assure. Avec moi. Avec ma mère. Et franchement j'ai beau retourner ça dans tous les sens, je crois que ça date de l'accident d'Antoine. Depuis il est sur les nerfs en permanence. Il y a un truc qui le fout en boule. Il dort plus la nuit. Je l'entends en bas, il tourne en rond dans le salon, il regarde la télé, il boit bière sur bière. Il s'est remis à fumer.

— Et alors ? Je comprends pas où tu veux en venir.

Nous avions quitté la départementale et marchions le long des pavillons et des jardins. Derrière les grilles, des chiens hargneux nous aboyaient dessus. Ils veillaient sur leur propriété. De quoi ils avaient peur ? Qu'on entre pour vérifier que chez les autres c'était pareil que chez nous. Qu'on choure une table de ping-pong, un toboggan, un barbecue, une cabane en plastique, un trampoline ? Gabriel gardait le silence. Il avait du mal à cracher ce qu'il avait sur le cœur. Ça m'a fait de la peine de le voir aussi tourmenté. Il y avait un truc qui le rongeait et il n'arrivait pas à s'en délivrer.

— Vas-y, je lui ai fait. Tu peux tout me dire. Je t'ai déjà planté ? Même pour Léa, je t'ai jamais fait de coup par-derrière.

— Quoi, Léa ?

— Ben tu sais bien. Léa, quoi. Ta grande histoire d'amour impossible.

— Pourquoi : impossible ?

— Putain Gabriel… Tu crois qu'elle est pas au courant que tu la kiffes toujours ? Ça se voit comme le nez au milieu des oreilles, merde. Tu la dévores des yeux, tu la suis partout.

— Et alors, j'ai le droit.

— Je te l'accorde. Mais c'est dommage.

— Dommage pourquoi ?

— Parce que ça t'empêche de vivre vraiment. De regarder ailleurs. De vivre une vraie histoire.

Il a haussé les épaules. Il ne voyait pas avec qui il pourrait en vivre une de toute façon. Ça m'a fait tellement mal qu'il dise ça. Ça m'a transpercé le cœur.

— Laisse tomber, j'ai lâché sans rien laisser paraître. Mais ton père ? C'est quoi qui te tracasse vraiment ? Et en quoi ça concernerait Léa.

— Non. Rien. Faut que je vérifie, de toute façon.

— Que tu vérifies quoi ?

— Tu sais s'ils ont avancé dans l'enquête ? S'ils ont établi de quel modèle était la voiture ?

— Attends. Pourquoi tu me demandes ça ? Tu crois quand même pas que c'est ton père qui a renversé Antoine ?

Gabriel a baissé le regard. Puis il m'a dit que son père avait fait réparer sa bagnole le lendemain de l'accident. Que ça ne pouvait pas être un hasard. Je n'ai pas su quoi répondre. J'ai balbutié qu'il se faisait sûrement des idées. Qu'il ne pouvait pas accuser comme ça son père d'un truc pareil. Et sans preuve, en plus. On arrivait près du lotissement. Il n'avait pas l'air convaincu. Ça m'a fait mal de le voir se torturer comme ça. J'aurais voulu pouvoir le prendre dans mes bras. L'embrasser. Mais je n'ai pas osé. Il m'a laissée au croisement. Je me suis dirigée vers la maison. J'ai jeté un œil à celle de Léa. Ses parents sortaient de leur voiture. Je les ai regardés disparaître dans leur pavillon. C'était dur de les imaginer, seuls tous les deux maintenant, avec leur fils à l'hôpital et leur fille à Paris. Ça ne ressemblait tellement pas à ce que je connaissais de cette maison depuis toute petite. Le va-et-vient des copains d'Antoine et des potes de Léa. Leur manière de toujours nous accueillir à l'improviste, avec joie, avec chaleur. Maintenant tout devait être silencieux et nimbé de tristesse. Maintenant ils devaient avoir l'impression de vivre dans un cauchemar. De se tenir debout au milieu des ruines.

nathan

Léa est arrivée dans la soirée. Le week-end a été agité à l'étage des fous et ça vaut mieux pour elle qu'elle ait raté ça. Vendredi soir, Boris a refait son cirque. Il est rentré à trois heures du mat complètement bourré, a mis des plombes à monter l'escalier, s'est vautré à au moins trois reprises. Comme d'habitude, il trimbalait ses bouteilles. L'une d'entre elles s'est brisée et le lendemain matin toute la cage empestait le pinard. Il y en avait sur les murs, sur les marches, partout. Et des bris de verre jonchaient le parcours. Après ça, il a fait son stop rituel devant la porte de Gloria, a gueulé son nom pendant vingt minutes, elle lui a hurlé de partir et a fini comme toujours par mettre la musique à fond pour couvrir sa voix et le bruit de ses poings contre le bois de la porte. Visiblement tout ce barouf a réveillé Serguei et il n'était pas seul. Aux voix que j'ai entendues s'élever dans sa chambre il y avait au moins deux filles. Ils se sont mis à baiser et vu le volume sonore, soit ce mec était un dieu au pieu, soit ils tenaient à ce que tout le quartier soit au courant qu'ils se la donnaient grave.

Le lendemain matin quand je me suis réveillé, il faisait grand jour. J'étais dans le pâté. J'ai voulu regarder l'heure sur mon radio-réveil mais l'écran était noir. J'ai attrapé ma montre. La vache. Il était déjà onze heures. Je me suis levé et j'ai vérifié que le réveil était bien branché. Puis j'ai essayé de mettre en route la bouilloire, le micro-ondes, d'allumer la lumière. Rien ne fonctionnait. Je me suis demandé si c'était une panne générale qui concernait tout l'étage. J'ai ouvert la porte et dans le couloir où Boris faisait sa vaisselle au lavabo, les lampes s'allumaient normalement. Le vieux Serbe m'a regardé d'un air interrogatif.

— J'ai plus d'électricité chez moi, je lui ai dit.

— T'as regardé les plombs, le compteur ?

Il était frais comme un gardon. Rien ne trahissait la nuit qu'il venait de traverser. Rien ne pouvait laisser penser qu'il était rentré en se vautrant dans les escaliers comme un ivrogne et qu'il avait gueulé le nom de Gloria en frappant à sa porte pendant des plombes. Je l'ai regardé d'un air ahuri. Le compteur, les plombs, je n'y connaissais rien, moi. Mon père se foutait toujours de ma gueule à ce sujet. Tu sais rien faire de tes dix doigts, il disait. Tu vis hors sol. Dans les nuages. Une vraie gonzesse. Moi, je ne voyais pas le rapport entre les filles et le bricolage mais je le laissais dire.

— Bon, je vais regarder, m'a fait Boris en s'essuyant les mains sur son marcel.

Du menton, il m'a désigné la porte de ma chambre et je l'ai fait entrer. Il a examiné les lieux.

— T'en as des bouquins, dis donc.

J'ai acquiescé pendant qu'il examinait les affiches de film punaisées aux murs. Il a pointé celle des *Choses de la vie* du doigt.

— Elle, je me la serais bien tapée à l'époque, il a commenté en désignant Romy Schneider.

Je n'ai pas relevé. Je ne voyais pas comment ça aurait été possible. Dans quelle réalité parallèle il aurait pu la rencontrer et lui plaire.

— J'ai bossé avec elle, tu sais. Pour un autre film. Avec l'autre grand con, là. Yves Montand. *César et Rosalie*, ça s'appelait.

— Comment ça, t'as bossé avec elle ?

— Ben quand j'étais jeune je bossais sur des tournages de temps en temps. J'étais arrivé en France deux ans plus tôt. Je m'occupais de l'électricité. Mais je me suis fait virer de ce film et après ça a été fini. Plus personne n'a voulu de moi. C'est le grand con qui m'a attiré des ennuis. Il m'aimait pas. Et ça lui plaisait pas que Romy m'ait à la bonne. Il devait être jaloux.

Rien de ce qu'il me racontait là ne semblait vraisemblable. J'ai fait un rapide calcul. *César et Rosalie* datait de 1972. En admettant que Boris ait plus ou moins soixante-cinq ans, il avait combien dans ces années-là ? Dix-huit balais. Vingt au max. Ça faisait jeune pour bosser sur un tournage, même si à l'époque les gens commençaient à travailler beaucoup plus tôt qu'aujourd'hui. Et puis Romy Schneider avait trente-quatre ans au moment de ce tournage. Elle était sublime et au sommet de sa gloire. Tous les hommes de la terre rêvaient de coucher avec elle. Elle avait eu une histoire avec le plus beau d'entre eux, Alain Delon. Qu'est-ce qu'elle en aurait eu à foutre d'un Serbe de dix-huit ans qui passait ses journées à raccorder des machines à des prises électriques ? Je n'ai pas épilogué. De toute façon j'avais le film sur mon ordi. Il me suffirait de vérifier au générique. Mais peut-être que son nom n'y serait pas, puisqu'il disait s'être fait virer. Boris a fini par détacher son regard de l'affiche et s'est dirigé vers un genre de bloc rectangulaire situé près de la cabine de douche. Il a traficoté là-dedans pendant quelques secondes et s'est retourné vers moi avec un petit cylindre métallique entre les doigts.

— C'est ce truc qui a tout fait sauter. Il est mort. Elle date du Moyen Âge l'installation électrique ici. Ce genre de plomb, plus personne n'en vend. Mais on va regarder chez moi si j'en ai un de rechange. Viens.

Le ton était celui d'un ordre. J'aurais autant aimé rester là en attendant mais j'ai obéi et l'ai suivi dans le couloir. Sa chambre était tout au bout. Je n'y étais jamais rentré. Quand il a ouvert la porte, l'odeur d'alcool et de sueur mêlés m'a soulevé le cœur. À l'intérieur, c'était un bordel indescriptible. Le sol était jonché de bouteilles, la fenêtre occultée par du papier journal, l'évier rempli jusqu'à la gueule de pinceaux et de matériel de maçonnerie. Il y avait des pots de peinture, des sacs de plâtre, des planches de bois et du matériel électrique un peu partout. Ses vêtements étaient posés à même la moquette. Tout comme le petit réchaud de camping Butagaz qui lui servait à faire la cuisine, les assiettes, les verres et les couverts. Il n'avait pas d'armoire ni de commode, juste une table et un lit. Mais le pire c'étaient les murs. Plus un centimètre carré de peinture n'était disponible. Tout était recouvert. Intégralement. Des murs entiers de filles à poil. De seins. De culs. De chattes. Je ne suis pas très prude mais je ne savais pas où poser le regard. J'ai quand même aperçu une photo en noir et blanc juste au-dessus de son lit. Même d'où j'étais j'ai reconnu Romy Schneider. On voyait que le cliché datait de plusieurs décennies. Ses bords blancs avaient jauni et se déchiquetaient aux coins. En bas à droite il y avait quelques mots griffonnés au feutre noir et une signature. Je me suis approché et j'ai lu : *Pour Boris, tu me manqueras, je suis si heureuse de t'avoir rencontré, bonne chance.* Signé Romy. Bien sûr rien n'indiquait que la dédicace était authentique mais ça m'a scié quand même.

— Ah voilà, a grogné Boris. J'en ai trouvé un. Allez, on va fêter ça.

Il s'est redressé, a fouillé parmi les bouteilles vides pour en dénicher une encore à peu près pleine, a attrapé deux verres qu'il n'avait pas dû laver depuis longtemps et les a remplis avant de m'en tendre un. Je l'ai pris. J'ai reniflé le liquide blanc et ce devait être de la vodka, du gin ou un genre d'eau-de-vie. Il n'était pas midi. Je n'avais encore rien avalé depuis le réveil. Je me voyais mal commencer la journée par un shot mais il me fixait en attendant que je porte la boisson à mes lèvres.

— Allez Nathan. Tu vas quand même pas vexer ton vieux voisin.

Il n'avait pas l'air de rigoler alors j'ai bu cul sec. J'ai failli m'étouffer. J'ai craché mes poumons sous le regard de Boris qui se marrait et de toutes ces filles à poil qui nous observaient, l'air lascif. Il a bu à son tour et sans me demander mon avis a rempli de nouveau nos verres.

— On a pas trinqué, il a dit en cognant sa vodka ou quoi que ça puisse être contre la mienne. Et cette fois, tu tousses pas.

Il s'est mis à boire et je l'ai imité. J'y suis allé plus doucement ce coup-ci. J'ai eu tout le temps de sentir le liquide me cramer la bouche et l'œsophage, récurer mon estomac et me brûler le foie au chalumeau. Putain. C'était quoi ce truc ? Ça devait faire dans les soixante-dix degrés. Du désinfectant ou quelque chose comme ça. Après, nous avons quitté sa chambre pour rejoindre la mienne. Boris a inséré le plomb dans son emplacement avant d'appuyer sur le disjoncteur. Et tout s'est rallumé. Mon radio-réveil. L'écran de mon téléphone branché au secteur. Le micro-ondes. Le plafonnier. Je l'ai remercié et il est retourné à sa vaisselle tandis que je m'écroulais dans mon lit. J'avais la tête qui tournait. Deux grandes vodkas ou assimilées à jeun, c'était trop pour moi. Je ne me suis réveillé qu'en milieu d'après-midi. J'ai un peu écrit et je suis parti au travail. À la brasserie, Simona était excitée comme une puce. Elle avait rencontré une fille la veille au soir et elles avaient fini au lit. Elle sentait que ça collait entre elles. Que ça allait être du sérieux. J'ai essayé de la tempérer. Je lui ai rappelé sa capacité à faire fuir ses petites fiancées en brûlant les étapes mais elle n'en a pas démordu. Elle prévoyait déjà de l'emmener à la mer pour le week-end. Tout juste si elle ne commençait pas à réfléchir au prénom de leurs futurs enfants. D'ailleurs sur ce point, elle avait toujours été claire. Elle ne voulait pas d'un donneur anonyme. Elle voulait que ce soit moi. Elle avait déjà tout prévu. Je serais le parrain du gosse. J'aurais une place dans sa vie même s'il serait élevé par ses deux mamans.

La nuit qui a suivi a été pire que la précédente. Boris a refait son cirque. Il devait être un peu moins bourré que la veille parce qu'il a mis moins d'une demi-heure à monter les six étages. Et pas une bouteille n'est allée se fracasser contre les marches. Enfin arrivé au sixième il a tenté sa chance chez Gloria. Je l'avais croisée dans l'après-midi et pour changer elle m'avait tenu la jambe un quart d'heure au sujet de la mairie et d'Anne Hidalgo qui faisait partie d'un groupe d'extraterrestres déguisés en humains qui dirigeaient le monde. Et Hidalgo savait qu'elle savait. Et voulait la faire taire. Elle avait reçu des menaces. Des coups de fil anonymes. On lui volait son courrier. Boris a frappé comme un sourd contre sa porte. A beuglé son nom. Comme d'habitude. Seulement, cette fois, Gloria n'a pas réagi. Pas de cris pour lui demander de s'en aller et de la laisser tranquille. Pas de musique à fond les ballons. Rien. J'ai pensé qu'elle avait décidé de ne plus entrer dans son jeu. Qu'elle s'était dit qu'en le laissant au silence complet, en ne lui faisant même pas l'aumône d'une réaction, en l'ignorant totalement, il se lasserait plus vite. Mais ça ne s'est pas passé comme ça. Au contraire Boris s'est mis à crier et à taper de plus en plus fort. Dans sa voix il m'a semblé percevoir de l'inquiétude. Ça a duré de longues minutes. J'ai fini par sortir. Boris avait l'air paniqué.

— Elle répond pas, il a gémi d'une voix pâteuse. Elle répond pas.

— Écoute, Boris. Elle répond pas parce qu'elle veut pas te répondre, c'est tout. Il est trois heures du matin. Elle veut dormir. Comme tout le monde ici.

— Pff! À ton âge. Tout ce que t'as comme ambition c'est de dormir la nuit…

Je ne lui ai pas répondu et il s'est remis à taper comme un sourd à la porte de Gloria.

— Il y a un problème, il a dit.

Et là d'un coup il s'est reculé, a positionné son épaule en avant et s'est précipité sur la porte comme s'il voulait la défoncer. J'ai entendu un gros crac, mais c'était pas le bois qui cédait, non. C'était son épaule. Il a hurlé de douleur avant de s'écrouler sur le sol.

— Faut appeler les pompiers, il a grogné.

— Quoi? Pour ton épaule?

— Non. Pour Gloria. Elle répond pas. Il a dû lui arriver quelque chose.

Sur ce, j'ai entendu des pas dans mon dos. C'était Serguei. Il venait aux nouvelles, vêtu comme d'habitude d'un peignoir entrouvert sur un simple caleçon. Il devait l'avoir enfilé à la hâte parce qu'une de ses énormes couilles dépassait. Il m'a demandé ce qu'il y avait. J'étais tellement troublé par les deux filles qui le suivaient dans le couloir, à peine plus vêtues que lui et tout droit sorties d'un magazine de mode, grandes et hyper gaulées, leurs peignoirs de satin cachant à peine leurs sous-vêtements que je ne lui ai pas répondu tout de suite. Il a suivi mon regard et m'a fait les présentations.

— C'est mes cousines.

Un instant je l'ai cru et je me suis dit qu'il avait quand même de drôles de relations avec ses cousines et puis j'ai compris que ce devait être une expression ou une manière de faire passer la pilule. Une des filles m'a fait un grand sourire et son regard était le même que sur les affiches de Boris. J'ai repris mes esprits et ai tenté d'expliquer la situation à Serguei. Il a pris un air songeur, s'est gratté le menton, a reculé, puis a envoyé un grand coup de pied dans la porte qui a cédé dans un craquement sec. À l'intérieur les lumières étaient allumées et Gloria gisait sur le sol. Serguei s'est précipité sur elle. Ses gestes étaient étonnamment précis et doux pour un type si massif. Il a cherché son pouls, écouté son cœur et s'est retourné vers nous.

— Elle respire. Appelle le SAMU.

Je suis retourné dans ma chambre pour prendre mon téléphone et j'ai composé le numéro. Quand je suis revenu chez Gloria, Boris était assis près d'elle et lui caressait les cheveux, lui prenait la main, lui murmurait des mots à l'oreille. Il était si touchant le vieil ivrogne auprès de son vieil amour.

— Ils arrivent, j'ai dit.

Dix minutes plus tard ils étaient là. Ils ont eu l'air effarés en nous voyant tous, Serguei et les deux filles à moitié à poil, Boris complètement bourré le visage plein de larmes et l'épaule en charpie, Su qui s'était radinée entre-temps et avait entrepris de passer de la pommade sur la poitrine de Gloria parce que selon elle c'était au niveau du cœur que se situait le problème. Et moi avec mes tongs et mon pyjama Muji qui ressemblait à un kimono d'été japonais. Mais ils ont pris les choses en main et bientôt nous les avons regardés emporter Gloria sur une civière. Boris a demandé où ils l'emmenaient et ils ont répondu : Lariboisière avant de le dissuader de les suivre. Ça ne servait à rien pour le moment. Il n'aurait qu'à appeler l'hôpital le lendemain matin pour avoir des nouvelles, et il pourrait aller la voir si elle était suffisamment remise. Je doutais que Gloria, dans l'hypothèse où elle s'en tirerait, apprécie tant que ça de voir Boris se pointer dans sa chambre. Une nuit sur deux, elle refusait de lui ouvrir et le reste du temps, j'en avais été témoin à plusieurs reprises, ils s'ignoraient totalement quand par hasard ils se croisaient dans le couloir ou l'escalier. Boris a fini par regagner sa chambre. Su l'a suivi : elle prétendait que le vieux Serbe n'avait pas besoin d'aller voir un médecin, elle pouvait lui remettre l'épaule en place et le soigner. Rien qu'à imaginer la Chinoise remboîter l'os dans son logement initial tandis que Boris s'envoyait une grande rasade de vodka pour faire passer la douleur sous le regard de dizaines de filles intégralement épilées, j'ai senti un long frisson me parcourir l'échine. Je me suis retrouvé seul avec Serguei et ses « cousines ». L'une d'elles m'a désigné et a demandé à Serguei d'un air lubrique.

— Il est mignon, lui. Pourquoi il viendrait pas finir la nuit avec nous ?

Serguei m'a regardé longuement.

— Ouais. Pourquoi pas. Ça te tente ? il m'a demandé.

— Non merci. Mais c'est gentil, hein, j'ai répondu.

Je ne voulais pas le vexer. Il a insisté.

— Si t'aimes mieux je t'en laisse une. Tu peux l'emmener dans ta chambre. Tu préfères laquelle ?

Je ne savais plus où me mettre. Les deux filles me regardaient en essayant de me charmer. Elles rivalisaient de sourires aguicheurs et de poses étudiées. J'ai prétexté la fatigue, me suis excusé, j'étais claqué. Serguei m'a regardé en secouant la tête.

— T'es pas pédé au moins, il m'a demandé.

Je n'ai rien répondu et je suis rentré dans ma chambre. Je me suis endormi en moins de deux.

Je colle mon oreille au mur. Je n'entends pas grand-chose. De la musique à bas volume. Un truc en anglais, mélancolique. Je sors de chez moi et je toque à la porte. Léa ouvre et me sourit tristement.

— Ça va ?

Elle hausse les épaules et me demande comment ça se fait que je suis pas au travail.

— C'est dimanche. La brasserie est fermée. C'est mon jour de congé. T'as mangé ?

Elle secoue la tête en signe de négation.

— Si t'as des pâtes et du sel, je peux te faire des pâtes au sel. Mais je suis grand seigneur. Je fournis l'huile d'olive…

antoine

Il y a cette voix que j'entends parfois. Une voix que je ne reconnais pas. C'est presque inaudible. Ça semble venir de si loin. Mais je suis sûr de l'entendre. Une voix ténue. Et un mot qui se répète. Tout est si lent. Si lointain. J'ai du mal à le saisir. C'est un mot que je connais. Mais dont le sens ne parvient pas à se frayer un chemin jusqu'à mon cerveau. Ce sont juste des sons juxtaposés. Comme des notes de musique sans signification. Et puis soudain ça fait tilt. Oui, ce mot je le connais. J'en saisis enfin le sens. Ce mot c'est : pardon. Et puis une immense, lourde et délicieuse fatigue me submerge. Et je sombre dans une nuit de satin.

hugo

J'ai failli louper le bus. Le lundi matin c'est toujours la panique. J'ai du mal à émerger. J'entends le réveil mais c'est comme si ça ne parvenait pas jusqu'à ma conscience, comme si j'étais pas foutu de faire le lien entre la sonnerie et ce qu'elle implique : me lever, filer sous la douche, m'habiller, m'enfiler un bol de céréales et partir pour le collège. Le pire c'est les lundis où maman n'est pas encore rentrée de sa nuit de garde. Où elle n'entre pas dans ma chambre pour me secouer un peu. Et c'était le cas aujourd'hui. Résultat : je me suis retrouvé à courir comme un dératé, mon sac encore ouvert contre mon ventre, mon sweat à la main, et mon tee-shirt enfilé à l'envers. Le bus était sur le point de partir mais le chauffeur m'a vu et pour une fois, il m'a attendu. Il devait être de bonne humeur. Il avait dû passer un bon week-end, son club favori avait mis une branlée à son pire ennemi ou je ne sais pas. Mais ça tenait du miracle. Le père d'Antoine le faisait toujours, lui. Mais c'était bien le seul. Et ça faisait longtemps qu'il n'avait pas été affecté à cette ligne.

Je suis monté et OK, j'étais peut-être en mode parano, mais j'ai eu l'impression qu'une partie de mes camarades me regardaient. Depuis l'accident d'Antoine, je ressentais ça. On me matait comme une bête curieuse, un type qui côtoyait le malheur de trop près et pouvait vous contaminer. Mais je me faisais sûrement des idées. À part Antoine, jusqu'ici tout le monde m'ignorait plus ou moins. Ou au mieux on me regardait un peu de travers. Je sais pas à quoi ça tenait. Ma gestuelle. Ma manière de m'habiller. De me tenir. De parler. Comme si j'émettais sur la mauvaise fréquence et que personne n'arrivait vraiment à me capter. Ou alors ça venait du mystère que constituait pour tout le monde l'amitié que me portait Antoine. Je crois qu'il y avait de la jalousie là-dedans. Pas mal de garçons, pas mal de filles auraient voulu être à ma place. Ils pensaient la mériter plus que moi. Et ils avaient sûrement raison.

Il n'y avait pas beaucoup de places libres. Et sur celles qui restaient, les mecs avaient posé leur sac en évidence, histoire de bien montrer qu'ils avaient pas tellement envie qu'on s'installe à côté d'eux. Quand ils ne s'étalaient pas en long et en large, jambes bien écartées, manspreading cinq étoiles, vautrés contre la vitre et le corps en travers des deux sièges. Je me suis installé près d'une sixième, du genre timide, sur ses gardes. Je lui ai dit salut et elle a sursauté comme si je l'agressais ou qu'elle me craignait. J'ai mis mes écouteurs et j'ai fermé les yeux.

Arrivé au collège, je ne me suis pas attardé dans la cour. Je suis allé directement me poser devant la classe. J'étais seul dans les couloirs déserts. J'ai toujours aimé ces moments-là. Mes écouteurs sur les oreilles. Adossé au mur. Mais ça n'a pas duré longtemps. La sonnerie a retenti et tout le monde est arrivé dans un vacarme assourdissant. Ça gueulait, ça se bousculait, ça se vannait.

Les mecs faisaient mine de se bastonner. Les filles arrivaient par petits groupes en bavardant et en se marrant. Les sixièmes rasaient les murs en espérant gagner leur salle de cours vivants. Je me suis relevé. Le prof est apparu. On aurait dit qu'il avait surgi de nulle part. Il faisait ça tout le temps. Je ne sais pas comment il s'y prenait. Peut-être que c'était un genre de superpouvoir. Il a ouvert la porte et on s'est installés. Comme depuis une semaine, je me suis retrouvé tout seul à ma table. On avait français. Notre prof principal était aussi mon préféré, sans que je sache si c'était parce qu'il enseignait ma matière favorite ou parce qu'il était vraiment sympa et intéressant. Globalement, il n'avait pas la cote auprès des autres. Ils soupiraient dès qu'il nous demandait de lire un bouquin, ça faisait chier tout le monde apparemment, les trois quarts de la classe demandaient mais à quoi ça sert, à quoi ça va nous être utile plus tard. Le prof répondait : à tout, à apprendre à s'exprimer correctement, à articuler une pensée, un propos, à réfléchir, à rêver, à s'ouvrir l'esprit, à regarder le monde différemment, avec d'autres yeux que les siens, à enrichir sa perception, sa compréhension, à dépasser ses propres limites, à remédier à cette maladie aussi banale qu'universelle : n'être que soi. À apprendre à vivre tout simplement. Mais ça n'avait pas l'air de convaincre grand monde.

Il a commencé à faire l'appel. Il ne manquait personne à part Antoine.

— Hugo, il m'a demandé, tu as des nouvelles ?

Ça m'a cueilli. Je n'ai jamais aimé prendre la parole devant tout le monde. Surtout pour des trucs qui ne relevaient pas du cours proprement dit.

— Hugo ? Je t'ai posé une question. Tu as des nouvelles d'Antoine ?

— Oui, j'ai fini par répondre. Enfin, non pas vraiment. Y a rien de neuf. Il est toujours dans le coma.

— Tu as pu aller le voir ?

Et là j'ai visualisé Antoine dans sa chambre, son visage livide et les tubes qui lui sortaient des bras et le reliaient à des liquides qui l'alimentaient ou le soignaient, les capteurs sur son torse maigre, ses hématomes, ses contusions, son plâtre, ses bandages, la détresse de ses parents et le regard perdu de Léa, et j'ai rien pu empêcher, les larmes me sont montées aux yeux et ma voix s'est cassée quand j'ai répondu oui, j'y suis allé plusieurs fois. Un grand silence s'est installé dans la classe. Tout le monde me regardait. Et tout le monde m'a vu m'essuyer les yeux.

— Bien, a fait le prof. On va commencer. Sortez tous votre Marivaux. Ouvrez-le à l'acte II scène IV.

Après le cours, dans le couloir, Manon et Lya sont venues me réconforter. Elles m'ont posé la main sur l'épaule et m'ont dit de pas m'en faire, Antoine allait s'en sortir. Et au moment même où elles prononçaient ses mots, Yannis et ses potes ont eu ce petit sourire moqueur et j'ai entendu l'un d'eux me lancer d'une voix efféminée : mais oui, t'inquiète, tu vas le retrouver ton amoureux. Ça m'a tellement séché, j'ai dû blêmir ou quelque chose comme ça, Manon m'a dit de pas faire attention à ces connards. Et Lya a ajouté : ouais, de toute façon c'est des sales homophobes de merde, ils ont pas de cerveau, ils sont restés bloqués au Moyen Âge, faut pas t'emmerder avec eux. Ça m'a achevé. Je me suis demandé ce qu'elle voulait dire par là. Si elle prenait ma défense parce que Yannis et ses potes sous-entendaient que j'étais gay. Ou si elle le pensait elle aussi.

Le reste de la matinée s'est déroulé à peu près normalement. Je me suis fait chier en maths et en physique, puis heureusement, il y a eu histoire. Pendant ces trois heures, j'ai senti la bande de Yannis me lancer des regards narquois. J'ai essayé de les ignorer mais j'ai pas pu m'empêcher de remarquer qu'ils arrêtaient pas de se marrer et de parler à voix basse tout en me désignant. À la pause, je ne me suis pas pointé à la cantine. Je me suis réfugié au CDI. Je sentais mon ventre gargouiller mais j'étais mieux là, au milieu des bouquins, sous le regard de la documentaliste. Je l'aimais bien. Souvent elle nous conseillait des livres, à Antoine et moi. Elle avait remarqué qu'on aimait ça et ça avait l'air de la réjouir. D'après elle, il n'y avait pas beaucoup d'élèves qui s'intéressaient à la littérature. Ceux qui fréquentaient le CDI y venaient juste pour faire leurs devoirs au calme pendant les heures de trou. Ou pour consulter des bouquins quand ils avaient un exposé à faire en SVT, en arts plastiques ou en histoire. Et encore. En général tout le monde se contentait de surfer sur Internet et de pomper Wikipédia.

Un peu avant le premier cours de l'après-midi, j'ai consulté mon téléphone. J'avais une dizaine de messages provenant de numéros inconnus. Des trucs genre : sale pédé, grosse tarlouze, suceur de bites. Et trois vidéos de mecs en train de s'enculer.

Léa

J'ai ouvert les yeux. Je ne savais pas où j'étais. Ce n'était pas ma chambre ni mon lit. J'ai mis un peu de temps à comprendre. À sa table, Nathan pianotait sur son ordinateur.

— Bien dormi ? il m'a demandé.

J'ai hoché la tête. Regardé autour de moi. Ai tenté de recomposer la soirée de la veille. Nous avions mangé ensemble. Puis bavardé en écoutant de la musique, assis sur son lit. J'avais dû m'endormir et il n'avait pas eu le cœur de me réveiller.

— Mais t'as dormi où, toi ?

— Oh, par terre. T'inquiète.

— Par terre ?

— Oui. J'ai empilé des duvets. Ça m'a fait un matelas.

— Merde. Je suis désolée. T'aurais dû me réveiller. Me dire de rentrer chez moi.

— Tu dormais si bien. J'ai pas osé. Tu veux du café ?

J'ai regardé l'heure. Il fallait que je me magne. Je l'ai remercié pour la soirée et la nuit et je suis retournée dans ma chambre. J'ai pris une douche, enfilé mes vêtements, attrapé mes affaires de cours et je suis partie pour la fac. Pendant le trajet je me suis souvenu d'un rêve que j'avais fait pendant la nuit. Un rêve un peu chaud. Avec Nathan. Ça m'a fait bizarre. Je me suis demandé ce qui avait bien pu se passer dans ma cervelle pour qu'elle génère un rêve pareil. C'est vrai que Nathan était plutôt pas mal mais je n'avais pas l'impression d'être attiré par lui. A priori il ne m'évoquait rien de ce genre. Je n'avais jamais eu envie de l'embrasser ou qu'il me touche depuis que je le connaissais. Pas consciemment en tout cas. Mais le plus perturbant, c'était d'avoir rêvé de ça alors que je dormais près de lui. J'ai prié pour qu'il n'ait pas profité de mon sommeil pour me prendre la main et entrer dans mes rêves. Il m'avait juré que c'était fini tout ça. Qu'il ne faisait plus ce genre de trucs sans autorisation. C'était trop immoral selon lui. Trop intrusif. Une violation de l'intimité impardonnable. Et puis il avait eu trop de mauvaises surprises. N'empêche que s'il l'avait fait il en aurait eu pour son argent : il se serait vu me rouler la pelle la plus profonde et sensuelle de l'histoire de la pelle. Passer ses mains un peu partout sur mon corps. Et me faire des trucs franchement classés X. J'ai pris mon bouquin et me suis plongée dedans pour ne plus y penser.

Quand je suis arrivée devant la salle de cours, ils étaient tous agglutinés par petites grappes. Apparemment il y avait eu une soirée le samedi, dans une grande maison avec piscine en banlieue ouest et ils ne parlaient que de ça. Comment Untel avait fini complètement déchiré. Comment d'autres avaient plongé tout habillés dans la flotte. Les joints et les cachets qui avaient circulé.

Machine qui s'était tapé trois mecs. Bidule qui s'était fait vomir dessus par la meuf qu'il était en train de lécher. Le prof est arrivé et on est entrés en classe. Je me suis installée au fond. Anna n'était pas là. Elle devait être malade. Ou elle était coincée dans un métro à l'arrêt. À sa place, c'est un type, un grand blond à mèche, qui s'est installé. Je n'ai pas réussi à me rappeler son prénom.

— T'es pas venue à la soirée ? il m'a demandé alors que je fouillais dans mon sac pour en sortir des copies, un stylo et le bouquin de cours.

— Je pouvais pas, j'ai menti. J'avais un autre truc.

— T'as raté quelque chose.

J'ai acquiescé même si je n'avais aucune idée de ce que j'aurais bien pu aller foutre dans cette soirée. D'autant que personne ne m'avait avertie qu'elle aurait lieu.

— Vraiment j'étais déçu que tu sois pas là, il a repris en me lançant un regard bizarre. Je m'étais dit que ce serait l'occasion de vraiment faire connaissance... Sinon, on déjeune au resto de sushis place Victor-Hugo ce midi. Tu viens ?

— Je pense pas, non. J'ai un truc à faire.

— Décidément. T'es très occupée comme fille. On dirait pas, comme ça. Mais si tu changes d'avis, fais-moi signe, qu'on te garde une place.

— Je sais pas. Je vais voir. Mais... C'est combien ?

Il m'a regardé avec des yeux ahuris. L'air complètement interloqué. Comme si je venais de lui poser la question la plus conne de l'histoire.

— Combien, quoi ?

— Ben le repas. C'est combien ?

— Oh je sais pas trop. Avec la boisson ça doit faire dans les vingt balles. Normal, quoi.

Le cours a commencé et on ne s'est plus adressé la parole de l'heure. Mais j'ai bien senti qu'il passait son temps à me mater. J'ai passé le mien à rajuster mon tee-shirt pour recouvrir mon décolleté. À la fin du cours, j'ai rangé mes affaires à toute vitesse et je me suis débrouillée pour lui fausser compagnie. J'ai passé une tête au resto U. C'était pas blindé mais il y avait quand même quelques tables occupées. Ça m'a rassurée. Tout le monde dans cette fac ne mangeait pas chaque midi au resto pour vingt balles ou plus. En tout cas vu le nombre de places libres, il devait malgré tout y en avoir un sacré paquet. J'ai passé mon chemin et je suis sortie par la porte qui donne sur le périphérique. Les voitures filaient sous le ciel laiteux. J'ai traversé le pont et j'ai marché à travers les bois en direction de l'étang. Arrivée là, je me suis assise sur un banc et j'ai sorti un roman. Depuis la rentrée il faisait doux. Ça sentait la fin de l'été mais on était bien dehors. Je me suis demandé ce que je ferais de mes pauses déjeuner quand il se mettrait à pleuvoir et à cailler. J'irais peut-être à la bibliothèque. En réfléchissant à ça je me suis rendu compte que je me projetais toute l'année comme si rien n'allait changer. Comme si j'étais condamnée à rester seule dans cette fac. Comme si tout allait demeurer pour toujours dans cet état transitoire. Antoine dans les limbes, entre la vie et la mort. Mon sixième étage et sa galerie de dingues. La fac et ce sentiment de solitude qui ne me quittait pas. Je me suis sentie tellement triste soudain. Des larmes ont commencé à couler sur mes joues.

— Ça va pas ?

Je me suis redressée et un mec de mon âge s'était assis à côté de moi et me proposait un Kleenex. Je me suis mouchée. J'ai essuyé mes yeux du revers de la main.

— Je te dérange ? Si tu préfères, je te laisse seule, hein.

— Non non, ça va… Tu peux rester.

Il m'a tendu la main en souriant. Je l'ai serrée tandis qu'il me donnait son prénom.

— Simon. Et toi c'est Léa, il a ajouté comme s'il était parfaitement naturel qu'il sache comment je m'appelais et moi non. Tu lisais quoi ?

Je lui ai montré la couverture de mon livre. Des nouvelles. Il les avait lues lui aussi, et les avait beaucoup aimées. D'ailleurs il avait lu tous les bouquins de Carver.

— Moi je lis ça en ce moment. C'est super. Je te le prêterai quand je l'aurai fini, si tu veux.

Je l'ai regardé d'un air interrogatif. Je ne connaissais ce type ni d'Adam ni d'Ève et il me parlait de me prêter son roman d'Ito Ogawa. Comme s'il était parfaitement clair que nous étions amenés à nous revoir.

— Ah OK, il a fait en secouant la tête. Tu vois pas du tout qui je suis ? On est dans le même TD, pourtant. Mais bon j'ai l'habitude. Tu vois le superhéros invisible dans *The Boys*. Ben c'est moi. Translucide Man.

Sur ce, il s'est mis à lire et on a passé une heure comme ça, sans rien se dire, à bouquiner côte à côte face à l'étang. Il n'avait pas l'air de m'en vouloir. De temps en temps il relevait la tête et me souriait timidement. Près de nous, des enfants de deux ou trois ans filaient du pain à bouffer aux canards. Je me suis revue gamine avec Antoine pas plus haut que trois pommes. Il ne se lassait jamais de nourrir les coin-coins, comme il les appelait, même si les cygnes lui filaient une trouille bleue. Il aimait tellement les animaux. Je ne sais pas d'où ça lui venait. Il était incollable sur les différentes espèces et leurs caractéristiques. Ne ratait aucun documentaire sur le sujet. Adorait se lever aux aurores et s'enfoncer avec mon père dans la forêt silencieuse pour apercevoir une biche, un écureuil, une chouette, un sanglier. L'été, sur les plages de Saint-Malo, Dinard ou Saint-Lunaire, il passait son temps dans les mares à traquer les mollusques et les crustacés, ou à mater les oiseaux qui filaient au-dessus de nos têtes. Les goélands, les sternes, les fous de Bassan. Et il ne se baignait jamais sans son masque même s'il n'y avait pas grand-chose à voir dans la flotte.

Sur le chemin du retour, Simon et moi, on s'est quand même un peu parlé. Il vivait chez ses parents au fin fond de la banlieue sud et se tapait une heure et demie de trajet matin et soir pour aller de chez lui à la fac et vice versa. Lui aussi préférait prendre l'air au moment des repas. Il n'avait pas les moyens de suivre les autres au resto. Trouvait le réfectoire un peu glauque. Et de toute façon il essayait autant que possible de ne pas bouffer le midi. Ses parents lui filaient un peu d'argent pour les repas chaque semaine et tant qu'à faire, il préférait l'utiliser pour s'acheter des romans ou des recueils de poésie.

— Qu'est-ce que tu fous en fac d'éco et de gestion, alors ? je lui ai demandé.

— Ben comme toi j'imagine. Quitte à me payer des études, mes parents pensent qu'il vaut mieux que j'étudie quelque chose qui m'assure un vrai métier.

Je ne lui ai pas demandé comment il avait deviné que nous étions dans le même cas. Peut-être que la vue du livre que je lisais lui avait suffi.

— Et puis franchement, je pensais pas que ça ressemblerait à ça. Ça n'a rien à voir avec l'éco et les sciences sociales au lycée. Là c'est un peu la Medef Academy, non ? Pour l'instant, je me fais bien chier. À part en socio. Pas toi ?

— Si. Pareil, j'ai répondu alors que nous entrions dans l'université.

On ne s'est pas quittés de l'après-midi. À tous les cours on s'est assis côte à côte. Pendant les pauses, il sortait son bouquin et je l'imitais. À un moment, il m'a tendu un de ses écouteurs, il a mis un vieil album de Leonard Cohen, on a écouté *The Famous Blue Raincoat* et c'était tellement beau. Le blond à mèche qui s'était assis à côté de moi à la première heure nous lançait des regards énervés. À la fin du dernier cours il est passé près de nous et a lâché à Simon d'une voix grinçante « merde, je crois bien que je me suis fait doubler. *Good game*, mon pote. Profite. Je suis sûr qu'elle est bien chaude sous ses airs sages » avant de rejoindre quatre types qui parlaient fort et envisageaient d'aller boire des coups le soir même près des Champs-Élysées. Simon m'a regardée d'un air interloqué. Il n'en revenait pas et moi non plus. Des mecs comme ça, ça existait encore… Putain. #MeToo avait encore de beaux jours devant lui. Je lui ai fait signe de ne pas prêter attention à ce porc. C'était lui faire trop d'honneur. Et nous nous sommes dirigés vers le métro. Devant la station nous avons bavardé encore un moment. Et nos chemins se sont séparés.

gabriel

Ça faisait trois heures que je traînais aux abords de l'université. Ça ne ressemblait pas du tout à ce que je m'étais figuré. Un grand immeuble moderne tout en bas d'une immense avenue arborée, très chic, avec tout au bout l'Arc de triomphe. On entendait le périphérique, qui déroulait son ruban de bagnoles de l'autre côté du bâtiment. Avant ça, je m'étais un peu baladé du côté du parc Monceau. Léa ne m'avait pas donné l'adresse exacte. Elle m'avait juste parlé de l'église orthodoxe russe, avec ses bulbes dorés et sa mosaïque du Christ au fronton. J'avais fini par la trouver. À la fois modeste et clinquante. Plutôt belle. Donc, elle habitait dans cette rue calme, quasi déserte, pas loin de la salle Pleyel. Mais je ne savais pas à quel numéro exactement. Et à cette heure de la journée de toute façon, elle devait être en cours. J'ai pris le métro et je me suis rendu à la fac. J'y suis même entré. Évidemment c'était bourré d'étudiants, une cohue pas possible. La repérer au milieu de tous ces gens, dans ce dédale d'étages et de couloirs, c'était peine perdue. Alors je me suis posté sur le trottoir d'en face, avec vue sur l'entrée principale. Et j'ai attendu comme un con qu'elle apparaisse, en essayant de pas penser à ce qui se passerait à la maison quand le billet d'absence du lycée arriverait. Mon père était en déplacement pour deux jours. J'avais dit à ma mère qu'après les cours j'allais chez un pote, après ça à l'entraînement de basket et que je rentrerais tard. Elle avait eu l'air de me croire. Elle n'avait aucune raison de ne pas le faire, faut dire. Et j'avais cru discerner dans son sourire une sorte d'approbation, voire d'encouragement, comme si elle voulait me faire passer un message silencieux. Genre : « T'as raison, profite tant qu'il est pas là. »

Et puis je les ai vus arriver. Léa et ce type complètement banal, ni beau ni moche, ni branché ni plouc, absolument passe-partout. Ils se parlaient en souriant. Ils avaient l'air vachement proches j'ai trouvé. Et ça m'a mis les boules. Bêtement je m'étais imaginé qu'elle serait seule. Je ne sais pas si j'aurais eu le courage de l'aborder pour autant. De répondre à la première question qu'elle n'aurait pas manqué de me poser : qu'est-ce que tu fous là ?

Elle lui a dit au revoir devant l'entrée du RER et la bise qu'elle lui a collée avait beau ne pas être spécialement appuyée, j'ai trouvé que c'était encore trop. Mais ça m'a rassuré quand même. Au moins ils n'étaient pas ensemble. En tout cas pas encore.

J'ai suivi Léa jusqu'à la station de métro, descendu l'escalier quelques mètres derrière elle et suis monté dans la même rame mais dans une autre voiture. De là où j'étais, planqué derrière d'autres passagers je pouvais la voir. Elle était plongée dans un bouquin, ses écouteurs dans les oreilles. Je sais pas comment elle faisait. Moi, pour lire, il me faut du silence. Si j'écoute de la musique en même temps, c'est elle qui l'emporte et m'absorbe. Et je comprends plus rien aux phrases que j'ai sous les yeux. Elle est descendue à Courcelles et s'est dirigée vers le parc Monceau. Elle a fait quelques pas dans les allées avant de s'asseoir sur un banc face aux grandes pelouses. Puis elle a sorti son téléphone de son sac et l'a collé à son oreille. Bientôt j'ai vu ses lèvres bouger par intermittence. Qui appelait-elle ? Sans doute ses parents. Elle devait prendre des nouvelles d'Antoine, leur raconter sa journée. Pendant qu'elle parlait j'ai vu un type s'approcher d'elle. Un grand brun aux cheveux longs. Habillé tout en noir. Plus vieux que nous. Peut-être la trentaine ou un peu moins. Elle lui a souri d'un sourire dont je rêve depuis toujours avant de raccrocher. Il s'est installé près d'elle et ils se sont mis à bavarder. Et soudain Léa a souri de plus belle. Elle lui a posé la main sur l'épaule. Et lui a eu l'air aussi heureux que je l'aurais été à sa place. Et là ça m'est revenu. L'autre soir quand j'étais dans sa chambre elle avait parlé d'un voisin. Nathan si je me souvenais bien. Un type qui faisait le barman et rêvait d'être publié. Il a fouillé dans son sac à dos et en a sorti une bouteille. Du champagne ou un truc dans le genre. Ont suivi deux verres en plastique transparent. Il a fait sauter le bouchon, rempli les deux gobelets, lui en a tendu un. Et ils ont trinqué. Ils trinquaient au champagne dans un parc. On se serait cru dans un foutu film américain. Une comédie romantique qui se passerait à Paris et alignerait tous les clichés. L'artiste maudit et l'étudiante au milieu des pelouses parfaites, des massifs de fleurs, des arbres majestueux, des statues d'albâtre, des pigeons, des bancs peints en vert, buvant du champagne en se souriant dans la lumière parfaite de fin d'après-midi. J'ai senti ma poitrine se comprimer. La jalousie me vrillait le bide. J'étais habitué, pourtant. J'en avais subi des moments de ce genre au fil des années. Toutes les fois où je l'avais vue danser avec un autre. Les périodes où elle sortait avec un des mecs du collège ou du lycée. Toutes les fois où je l'avais écoutée me parler d'un gars sur qui elle avait flashé. Celles où je l'avais consolée après qu'elle s'était fait larguer, ou parce qu'elle s'était pris un gros vent par l'enfoiré qu'elle convoitait. J'avais tout enduré. Je les détestais ces types. Ceux qui l'attiraient dans leurs filets. Ceux qui la rejetaient. Ceux qui faisaient l'un puis l'autre. Mais je m'étais toujours dit que mon tour viendrait. Qu'elle finirait par se rendre à l'évidence. Par me voir autrement que comme un pote. Ou même qu'un jour de cafard, un jour où elle se sentirait seule elle me regarderait et se dirait, tiens pourquoi pas. Même ça, ça m'aurait convenu. Qu'elle me laisse l'embrasser par ennui, lassitude, solitude, tristesse, qu'elle me laisse lui prouver malgré elle, alors qu'elle n'attendait rien de moi, qu'on pouvait être bien ensemble, qu'on était faits l'un pour l'autre. Qu'elle me laisse le temps, l'occasion de la rendre amoureuse. Ouais. Même l'avoir à l'usure ça m'allait. J'étais totalement dépourvu d'orgueil sur ce point. Mais bien sûr, le temps avait défilé et rien ne s'était jamais passé comme je l'espérais. Et maintenant elle vivait ici, et elle trinquait dans ce parc ultra-romantique avec ce beau mec ténébreux qui se la jouait artiste incompris dans sa putain de chambre de bonne. Ils ont fini leur verre et il les a remplis de nouveau. Qu'est-ce qu'ils pouvaient bien fêter comme ça? J'ai sorti mon téléphone de ma poche et j'ai composé le numéro de Léa. Je sais pas pourquoi j'ai fait ça, planqué derrière mon arbre, tout en l'observant. Peut-être pour les interrompre. Changer la donne. Mais ça n'a rien changé du tout. Elle a regardé l'écran de son vieux Samsung, vu s'afficher mon nom et l'a reposé. Elle a ignoré mon appel. Comme ça. Sans la moindre hésitation. Un gros vent des familles. La salope. Je m'apprêtais à l'appeler une deuxième fois quand mon appareil a vibré à son tour. C'était Chloé. Un SMS. Elle m'écrivait que la police venait de communiquer les résultats des analyses des fragments de peinture recueillis sur les lieux de l'accident. Conclusion : Renault Clio. Grise. Fabriquée entre 2012 et 2016. J'ai relu plusieurs fois le message. J'ai réfléchi. Une putain de Renault Clio grise. Mon cœur battait jusque dans ma gorge. J'avais les tempes et le crâne serrés dans un étau. Une putain de Renault Clio grise. Comme celle de mon père. J'ai essayé de me raisonner. Après tout ce n'était peut-être pas la sienne. Sûrement pas la sienne, même. Y en avait des tas, des bagnoles de ce genre. C'était le modèle le plus commun qu'on puisse imaginer. Et celle du vieux n'avait peut-être pas été fabriquée dans ces années-là de toute façon. Et puis même, je me faisais forcément un film. La veille au soir, avec l'histoire de la facture, je m'étais persuadé que c'était lui mais aujourd'hui, même avec ce SMS sous les yeux, ça me paraissait complètement délirant au contraire. Je ne comprenais même plus comment ça avait pu me traverser l'esprit. Pourquoi ça aurait été mon père? Juste parce qu'il était d'une humeur de chien ces temps-ci? Mais Chloé avait raison. Ça avait toujours été le cas.

Ça s'était juste aggravé parce que je l'avais déçu. Parce qu'il avait des soucis à son boulot. Parce que la réparation de sa caisse lui avait coûté un max et qu'on n'avait jamais roulé sur l'or à la maison. Parce que avec maman ils pouvaient plus s'encadrer, comme la plupart des couples après vingt ans de mariage ou de vie commune. J'ai rangé mon téléphone dans la poche de mon jean et ils n'étaient plus là. Putain. Je les avais lâchés à peine deux minutes et ils n'étaient plus là. J'ai scruté les allées, les étendues d'herbe mais j'ai dû me faire une raison, ils étaient partis. Je suis ressorti du parc. Je me suis dirigé vers l'église russe mais il était sûrement trop tard. Elle était probablement rentrée chez elle. Ou chez lui. Ils étaient peut-être déjà en train de baiser. Ou ils avaient pris d'autres rues et se dirigeaient vers un cinéma, un bar, un supermarché, qu'est-ce que j'en savais. J'ai regardé ma montre et je me suis dit que j'allais bientôt devoir regagner la gare Saint-Lazare si je voulais pas me faire gauler dès ce soir par ma mère. J'ai sorti le papier où j'avais noté les horaires des TER et des correspondances. Entre le métro, l'attente à la gare, les trajets de train, l'attente à la gare routière et le bus, j'en avais pour deux heures. Ça nous menait à la fin de l'entraînement de basket. Je me suis dirigé vers la station de métro. En passant devant la grande brasserie qui bordait la place, j'ai aperçu Nathan. Tout en nouant un tablier, il souriait à une fille aux cheveux bleus. Putain. Il les lui fallait toutes à ce connard…

Chloé

Après coup, j'ai regretté. Quand j'avais eu l'information je m'étais dit : bon OK, j'y connais rien en bagnoles, mais une Clio grise, c'est mort, jamais ils ne trouveront le coupable, y en a des tonnes qui circulent en France. C'est ce que j'ai mis dans le message que je lui ai envoyé. Autant chercher une aiguille dans une motte de beurre. Et tant pis si une fois de plus il ne comprenait pas ma manie de détourner les expressions toutes faites. Et puis une fois le SMS envoyé j'ai pensé : merde, quelle conne, si ça se trouve son père a une putain de Clio grise et il va tourner en vrille, il va s'enfoncer encore plus loin dans son délire, quelle conne, quelle conne, quelle conne.

En rentrant des cours je suis passée chez lui mais il n'y était pas. Sa mère était seule à la maison. On a bavardé un peu sur le perron. J'ai jeté un œil discret aux voitures garées dans les environs, jusqu'à ce qu'elle me dise que son mari était en déplacement. Après ça j'ai filé à la salle de sport. Gabriel était censé être au basket. Il s'entraînait là deux fois par semaine. Chaque week-end ou presque il avait ses matchs. On venait le voir de temps en temps, avec Léa et les autres. Je connais rien au sport mais il se débrouillait bien je crois. En tout cas je ne le quittais pas des yeux. Je le regardais pendant plus d'une heure dans son short et son tee-shirt à l'effigie du club, courir, marquer des paniers, prendre des rebonds, taper dans les mains de ses coéquipiers quand ils marquaient des points importants ou empêchaient l'équipe adverse de le faire. C'était marrant de voir comment il se transformait sur un terrain. Il semblait plus grand, plus costaud. Plus âgé aussi. Il n'avait plus rien du type timide qui regardait Léa avec des airs de chien battu ou d'amoureux transi. Il rayonnait. En tout cas, c'est comme ça que je le voyais et je craignais que ce soit pareil pour Léa. Que d'un coup en le voyant jouer elle se dise ouah, il est si différent. Carrément sexy, même. Mais rien ne s'est jamais produit de ce genre à ma connaissance. Léa, ça la gavait de venir aux matchs. Elle s'emmerdait ferme. Mais de temps en temps, elle s'y résignait. Pour pas être trop chienne avec lui quand même. Lui montrer qu'on l'aimait bien, qu'on s'intéressait à lui et à ses exploits sportifs.

Quand je suis arrivée à la salle, l'entraînement avait déjà commencé. Je me suis installée dans les gradins pour mieux voir mais Gabriel n'était pas là. À la pause, je me suis postée au bord du terrain et j'ai demandé à un type s'il savait si Gabriel allait venir. Il a haussé les épaules puis m'a lancé, après un regard sur mes seins, que par contre lui il était là et que je pouvais le rejoindre sous les douches à la fin si je voulais. Deux de ses coéquipiers l'ont entendu et se sont foutus de lui en mode : t'as vu ta gueule, qu'est-ce que tu crois, qu'une meuf aussi canon va vouloir de toi avec ta tronche de Simpson ? J'ai attendu encore un peu en me disant que Gabriel était peut-être en retard mais ça n'a servi à rien. Il ne s'est jamais pointé. Il avait dû mentir à sa mère. Je me suis demandé où il pouvait bien être et si ça avait un lien avec le SMS que je lui avais envoyé. J'ai quitté la salle et une fois dans la rue, j'ai senti mon téléphone vibrer. C'était Léa. Son message m'a vraiment foutu les boules. J'ai carrément eu envie de chialer. Un instant je l'ai même détestée. Elle m'écrivait qu'elle avait vu Gabriel depuis la fenêtre de sa chambre à Paris. Il traînait dans sa rue. « J'hésite à trouver ça hyper mignon ou total pathétique », elle concluait. Je suis rentrée chez moi. J'étais en rage. Je suis montée dans ma chambre et j'ai répondu que j'avais pas faim quand ma mère m'a appelée pour dîner. Après le repas, mon frère est venu me voir et m'a demandé ce qui se passait, si ça allait, et je sais c'est pas sympa mais je lui ai gueulé de me laisser tranquille. Pour une fois qu'il était gentil avec moi et faisait autre chose que m'emmerder ou de tout faire pour que je me fasse engueuler au motif que c'était pas juste, j'étais la préférée des parents, ils me grondaient jamais. S'ils me disputent jamais, c'est peut-être juste que je suis moins chiante que toi, je lui répétais mais il n'en démordait pas, j'avais un statut privilégié et lui, on ne lui passait rien. Il est sorti de ma chambre et j'ai continué à regarder *Le Jeu de la dame*. Cette série était si belle, j'avais presque envie d'apprendre à jouer aux échecs.

CHLOÉ

J'étais dans le dernier épisode, celui où l'héroïne est en Russie et s'apprête à affronter le champion du monde quand mon téléphone a vibré. J'ai vu le nom de Gabriel s'afficher. J'étais tellement en colère contre lui. J'ai pas décroché.

hugo

J'entre dans la chambre et il n'y a personne. Tant mieux. Je préfère être seul avec toi. Je peux te parler. Devant tes parents ou Léa, j'y arrive pas. Je me contente de te raconter des trucs que je chope sur mon téléphone. Des posts qui m'ont fait marrer sur Instagram. Les résultats du tennis. Des anecdotes du collège. Parfois je prends le relais de ta mère pour te faire la lecture. Mais là je peux te parler vraiment. Seul à seul. Sans honte. Sans trop me refréner. Même si pour le moment, ces insultes et ces vidéos porno que je reçois en rafale sur mon portable, je ne les évoque qu'à voix si basse que je suis pas sûr que même si tu étais réveillé tu pourrais les entendre. Ça a continué tout l'après-midi. Et ça ne semble pas près de s'arrêter. Je me dis qu'ils vont finir par se lasser. J'ai pas l'énergie de chercher de qui ça vient. Même si je m'en doute. Trois ou quatre mecs de la classe. Yannis et sa bande. Des boulets au cerveau de méduse. De toute façon, au fond, rien de tout ça ne m'atteint. Je ne sais pas si je suis pédé comme ils disent. Mais je sais que ça fait longtemps maintenant que j'ai envie de t'embrasser, de te prendre dans mes bras. Et je ne vois pas où est le mal. En quoi ça peut déranger qui que ce soit. Je te regarde, allongé et tellement pâle, les yeux clos, sur ton lit d'hôpital. Tu es si beau. J'ai envie de caresser ta joue, de toucher tes cheveux, tes épaules. J'ai envie de m'allonger contre toi et de te mordre le cou. J'avance doucement ma main vers ton visage. J'effleure ton front, l'arête de ton nez. Puis je sors de mon sac la pommade que m'a confiée Léa. Celle que lui a refilé sa voisine chinoise. Elle m'a fait promettre de t'en appliquer un peu à chacune de mes visites. Même si elle n'y croit pas vraiment. J'en presse une goutte contre mon doigt. Et je t'en passe sur le front. Très lentement. Avec toute la douceur dont je suis capable. Quand j'ai fini je prends ta main dans la mienne. Elle est froide. Douce par endroits. Et rugueuse à d'autres à cause du tennis. Les miennes aussi sont comme ça. Surtout la droite à cause du frottement de la raquette. Toi, ta main gauche est parfaitement lisse. Contrairement à moi tu joues ton revers à une main. Comme Federer. Comme Tsitsipas. Comme tous les joueurs qu'on aime. Les joueurs élégants. Portés vers l'attaque. Les joueurs que tu admires et imites, quand moi je reste vissé à ma ligne de fond de cours, envoyant mes revers à deux mains et mes coups droits liftés de bûcheron de l'autre côté du filet. Parfois j'ai honte de gagner des points comme ça. Toi, tu trouves ça idiot. Tu dis qu'on choisit pas son registre. Que chacun doit jouer avec ses armes, ses points forts. Qu'il faut s'accepter tel qu'on est et pas tel qu'on s'imagine. Et que si on était exactement comme on le souhaitait on aurait moins de raisons d'admirer les autres. Et ça serait triste.

Et je crois que tu n'as pas tort sur ce point. Si depuis tant d'années je t'admire tellement, c'est pour tout ce que je ne suis pas. Il suffit de nous regarder. On ne se ressemble en rien. Pas la même taille ni la même corpulence. Pas la même couleur de cheveux, d'yeux, pas la même forme de visage, pas la même façon de s'habiller, pas la même manière de parler, d'être avec les autres. Tu es aussi ouvert que je suis renfermé. Aussi cool que je suis raide. Aussi brillant que je suis terne. Aussi gracieux que je suis lourd.

Quelqu'un vient d'entrer. C'est ta mère. Elle vient m'embrasser, me demande des nouvelles. Elle a l'air épuisée. Pose ses lèvres sur ton front, te passe les mains dans les cheveux, les yeux mouillés. Puis elle m'annonce la nouvelle. La police a analysé les fragments de peinture retrouvés sur la route près de ton corps. Elle est découragée. Des Clio grises il y en a tellement en France. Aucune chance de mettre la main sur le coupable s'il ne se rend pas de lui-même. Rien ne dit qu'il s'agissait de quelqu'un du coin. Il peut être n'importe où à présent. Mais en un sens, ça n'a pas d'importance. Elle n'a pas l'instinct de vengeance. Son mari non plus. Tout le monde autour d'eux a l'air d'être obsédé par ça. Trouver et faire payer le coupable. Mais de son point de vue à elle, ça ne change rien. Tu es dans le coma et elle attend que tu te réveilles. Elle attend de te retrouver. Et c'est tout ce qui compte. Que tu reviennes à toi. À elle. À moi. Que tu nous reviennes.

Il fait presque nuit. J'approche de la maison et je vois ma mère au loin. Elle doit rentrer de l'aquagym. Elle veut perdre du poids. Elle a aussi changé de coiffure. Je crois qu'elle en a marre d'être seule. Qu'elle commence à se faire à l'idée de vivre une nouvelle histoire. Jusqu'ici, elle a toujours repoussé cette hypothèse. Elle aurait eu l'impression de trahir papa. D'insulter sa mémoire. Et puis je crois qu'elle n'osait pas vis-à-vis de moi. Qu'elle pensait que ça me heurterait. Que je n'étais pas prêt pour ça. Bien sûr elle n'avait pas tout à fait tort. Ou disons que ça a été vrai à une période.

Elle me fait signe et j'essuie discrètement mes yeux avec mon poing. Ça faisait longtemps que les larmes ne m'étaient pas montées en pensant à mon père. Ça fait quatre ans qu'il est parti maintenant. Tumeur au cerveau. Un truc foudroyant. Trois mois chrono. Un jour il a eu mal à la tête. Douze semaines plus tard on l'enterrait. Mais je ne vais pas m'étendre. La douleur que c'est, tout le monde croit pouvoir s'en faire une idée mais si tu ne l'as pas vécu, t'en sais rien de rien. Maman s'immobilise, attend que je la rejoigne et m'embrasse.

— Je t'ai pas vue à l'hôpital.

— Ah t'y es allé ?

— Ben oui.

Elle hoche la tête d'un air préoccupé, puis me dit qu'elle est passée voir Antoine dans la matinée, qu'après ça, ça a été le rush aux urgences, un accident de la circulation terrible, un mort, trois blessés, l'horreur.

— Et… t'as croisé ses parents ? elle me demande tout en faisant tourner la clé dans la serrure.

— Sa mère.

— Elle a des nouvelles ?

— Des nouvelles de quoi ?

— De l'enquête ?

On entre dans la maison. J'allume la lumière du couloir. Et tout me paraît si triste et pesant tout à coup. Je n'avais pas besoin de ça mais je réalise combien depuis la mort de papa Antoine a été présent pour moi. Et ses parents aussi. Combien ils m'ont soutenu par leur bienveillance, la chaleur de leur accueil chaque fois que maman était de nuit. Ça remettait de la vie dans la mienne, même si je culpabilisais un peu de passer tant de temps à l'extérieur, de laisser ma mère toute seule la plupart du temps les week-ends et certains soirs. Elle ne me l'a jamais reproché. Et je n'ai jamais réussi à l'imaginer vraiment sans moi dans la maison quand elle n'était pas au travail ou chez une de ses copines. Les seules images qui me venaient sortaient de téléfilms à deux balles. Maman pleurant en feuilletant les albums photo, fouillant dans les placards et respirant l'odeur d'un pull de papa, s'allongeant sur son lit dans la chambre aux lumières éteintes, les yeux collés au plafond.

Je lui raconte pour la Clio grise et le défaitisme de la mère d'Antoine.

— C'est la bagnole la plus répandue en France, alors tu vois…

Elle reste songeuse un instant, scrute mon visage, s'avance et me prend dans ses bras. Au bout d'un moment je me rends compte qu'elle tremble.

— Maman, ça va ?

— C'est rien, mon minou. C'est la fatigue. C'était dur aujourd'hui. Et puis l'aquagym, ça m'a achevée.

gabriel

Quand je suis rentré, maman dormait devant la télévision, allongée sur le canapé. Une de ses mains pendait dans le vide, accrochée à un verre où subsistait encore un peu de vin. Je le lui ai retiré délicatement. Puis j'ai pris une couverture qui traînait sur un fauteuil et l'ai étendue sur elle. Elle s'est agitée, a grogné un peu, s'est tournée sur le côté, le visage face au dossier avant de sombrer de nouveau dans le sommeil. J'ai baissé le son du téléviseur progressivement, jusqu'à le réduire au silence. Puis j'ai éteint le poste. Le salon s'est assombri. Dehors la nuit était claire. Pas un nuage. Et la lune était pleine. Tout était nimbé d'une lueur irréelle. C'était la pénombre et ça ne l'était pas. Tout oscillait entre le gris clair et l'anthracite mais tout était parfaitement net. Comme dans une photo en noir et blanc.

J'ai quitté le salon. Je me suis rendu dans la cuisine. Je me suis servi un verre. Puis j'ai fouillé dans le courrier et les papiers administratifs récents que mon père entassait près du réfrigérateur avant de les classer et de les ranger quelque part dans la maison, je n'ai jamais vraiment su où, et n'ai jamais cherché à le savoir. La facture de l'atelier de réparation n'y était plus. Je suis monté à l'étage. Je suis entré dans la chambre de mes parents. Je n'y mettais jamais les pieds. Mon père détestait ça. Il disait que c'était son domaine. Que je n'avais rien à y faire. Que c'était un espace privé. J'ai allumé la lumière et regardé autour de moi. Le lit en bois exotique et la couette unie, d'un bleu un peu terne. Les revues de maman sur sa table de nuit. Celle de mon père tout à fait nette, sans même de lampe de chevet. La commode. La penderie dissimulée derrière deux grands pans de miroir. Je l'ai entrouverte. J'ai fouillé parmi les vêtements. Tout en bas s'empilaient des boîtes. Je les ai sorties les unes après les autres. Dans l'une d'elles, j'ai trouvé des tas de trucs qui me concernaient. Mon bracelet de naissance. Des dents de lait conservées dans une enveloppe. Mes carnets de notes. Quelques dessins. Des photos de classe. Dans les autres s'empilaient des papiers administratifs. Des extraits de naissance. Des talons de chéquier. Des documents concernant la maison. Des factures. La plus récente était la bonne. Je l'ai dépliée. En haut, à droite, étaient mentionnés le nom et l'adresse de mon père, ainsi que le numéro d'immatriculation, la marque et le modèle de la voiture qu'il leur avait confiée. Mon cœur s'est comprimé dans ma poitrine. J'ai senti comme un coup d'aiguille le perforer. Clio III. Grise. 2013. Puis j'ai relu la description des réparations effectuées. Changement du bouclier et du bloc phare droit. Redressement de la carrosserie. Peinture. J'ai sorti mon téléphone et j'ai photographié le document. Puis j'ai éteint la lumière et je suis monté dans ma chambre.

Je n'ai pas réussi à trouver le sommeil. Mes nerfs craquaient un à un. J'essayais de me raisonner mais je n'y parvenais pas. Non, ça ne pouvait pas être une coïncidence. Mon père avec sa Clio grise année 2013 amenée au garage le lendemain de l'accident pour refaire la carrosserie et le pare-chocs avant. Son humeur de chien depuis. La manière dont il m'avait engueulé quand il avait su que j'étais allé voir les parents de Léa, que j'avais passé du temps chez eux. Maman qui n'arrêtait pas de répéter qu'il avait des soucis sans m'en dire plus. Je ne savais pas quoi faire de tout ça. Il fallait que j'en parle à quelqu'un. À part Chloé, je ne voyais personne. Je sais qu'il y avait une part de lâcheté là-dedans. Me débarrasser de mon fardeau en le partageant, en le faisant peser aussi sur les épaules de quelqu'un d'autre. Mais je me disais qu'elle saurait quoi faire. Je lui avais fait part de mes premiers soupçons. Elle était proche de Léa. Elle savait combien sa famille souffrait. Elle l'aimait peut-être autant que moi. Et puis elle me connaissait depuis toujours ou presque. Nous étions de bons amis. L'un comme l'autre, nous nous étions toujours épaulés, protégés. Jamais nous ne nous serions fait le moindre mal. Jamais nous n'aurions agi l'un envers l'autre de manière à nous nuire. J'ai composé son numéro. Elle n'a pas répondu. Sans doute qu'elle dormait. Peut-être qu'elle laissait son téléphone en dehors de sa chambre la nuit. Certains le faisaient. Pour couper un peu. Résister à la tentation. Trouver le sommeil. Tout le monde voyait combien nous étions dépendants de nos écrans. Combien nous ne vivions parfois qu'à travers eux, combien ça nous vidait le cerveau et le cœur. Beaucoup d'entre nous en étaient conscients. Même si pour la plupart on se contentait de le savoir sans rien tenter contre. Comme les fumeurs qui savent pertinemment que la cigarette va les tuer mais ne peuvent s'empêcher de continuer à tirer sur leurs clopes à longueur de journée.

J'ai mis de la musique à bas volume pour m'endormir. Mais ça n'a pas suffi. À quatre heures du matin j'avais les yeux grands ouverts. J'ai rédigé un SMS, ajouté la photo de la facture du garage en pièce jointe et j'ai tout envoyé à Chloé.

nathan

Je grimpe les marches quatre à quatre. Il y a quelqu'un là-haut. J'entends l'eau couler du lavabo. Un instant je me prends à espérer que ce soit Léa. Puis je me ravise. Elle doit dormir, à cette heure. Tant pis pour moi. J'ai tellement pas envie de me coucher. J'ai tellement pas sommeil. Et je sais que je serai incapable d'écrire quoi que ce soit cette nuit. Trop excité. C'est tellement dingue ce qui m'arrive. À la fois je l'ai toujours espéré. Je m'y prépare depuis des années. Et en même temps je suis sidéré que ce soit en train de se produire, comme si une part de moi n'y avait jamais cru, s'était laissé contaminer par le scepticisme de mes parents, ou par celui de mon vieux pote Erwan, qui pense qu'en France tout est pipé, que tout marche par relation, copinage, renvoi d'ascenseur.

J'arrive au sixième et je tombe nez à nez avec Boris. C'est rare qu'il soit rentré si tôt. Occupé à laver ses slips et ses tee-shirts, il a l'air tout à fait sobre pour une fois – même si je pense qu'il est capable de s'envoyer cinq ou six vodkas sans rien laisser paraître. À moins que ce soit le contraire. Qu'il fasse partie de cette catégorie paradoxale d'alcooliques qui ne tiennent pas l'alcool. J'ai un oncle comme ça. Au bout d'une bière il est complètement cuit, se met à dérailler, à raconter n'importe quoi, à devenir agressif. Mon père le supporte pas. La honte de la famille, il dit. Enfin il disait. Maintenant il y a moi, aussi.

Boris me salue et je lui demande des nouvelles de Gloria.

— Elle est faible. Elle a du mal à parler et à tenir sur ses jambes. Et puis un de ses bras ne répond plus trop. Mais ils disent qu'elle va s'en sortir. Qu'elle l'a échappé belle. Si on était entré dix minutes plus tard, elle aurait peut-être été foutue pour de bon.

— Ils vont la garder combien de temps ?

— Ils savent pas. D'autant qu'elle n'arrête pas de râler qu'elle veut rentrer chez elle. Elle dit qu'ils l'ont kidnappée pour lui insérer une puce dans le cerveau. Ou qu'ils veulent faire des expériences sur elle. Je crois qu'ils en peuvent déjà plus. Qu'ils ont hâte de la foutre dehors. Mais si elle rentre elle aura besoin d'aide. Pour la rééducation, la toilette, les courses, se faire à manger.

— Ils vont lui envoyer quelqu'un ?

— Pas la peine.

— Comment ça ?

— Je l'aiderai, moi. Et Su aussi. Elle est d'accord. Elle s'y connaît en médecine, conclut-il en faisant bouger son épaule tout en se retenant de grimacer.

Mais ça se voit que ça lui fait toujours un mal de chien.

Il ferme le robinet. Tord un caleçon jauni pour l'essorer, le fout dans sa bassine et me souhaite une bonne nuit. En passant devant la chambre de Léa, je scrute l'interstice entre sa porte et le plancher à la recherche d'un rai de lumière. Mais rien. Je rentre chez moi. Je jette ma veste sur le matelas. J'ouvre la fenêtre. Il a fait exceptionnellement doux aujourd'hui. Un retour de flamme de l'été. La lumière était belle dans les arbres du parc quand j'ai croisé Léa en fin d'après-midi. J'étais sorti acheter une bouteille de champagne pour fêter cette journée de malade. J'avais prévu de l'ouvrir plus tard. Je ne savais pas encore avec qui. Simona, de la brasserie ? Mais elle ne serait peut-être pas d'humeur. La fille avec qui elle avait couché l'autre soir ne l'avait pas rappelée. Et visiblement elle lui avait filé un faux numéro. Mon cousin Brice, qui suivait mes histoires de loin et m'avait toujours soutenu ? C'était le seul dans la famille, même si ça le faisait un peu marrer ces histoires de littérature : qui lisait encore ce genre de trucs de nos jours, quand il suffisait de se brancher sur Netflix ou Amazon Prime pour prendre son pied ? À ses yeux, les romans étaient des trucs archaïques, datés, périmés : c'est nul. Il manque les images, le son. Aucun intérêt. Je pensais aussi trinquer en FaceTime avec Erwan. On ne s'était pas quittés du collège jusqu'à la terminale. On vivait dans la même rue à l'époque. Mais après le bac, il était parti faire ses études aux États-Unis. Maintenant il vit à Montréal. Il bosse dans le cinéma, pour une grosse boîte de prod canadienne. Il dit que là-bas tout est beaucoup plus ouvert. Parfois je l'envie.

Je traversais le parc et je suis tombé sur Léa, assise sur son banc, plongée dans un roman. Elle avait l'air un peu moins triste que d'habitude. On a bavardé un moment.

Elle était contente parce qu'elle avait sympathisé avec ce mec, Simon, qu'elle n'avait même pas remarqué jusque-là alors qu'ils étaient dans le même TD. Un type aussi perdu qu'elle dans cette fac, qui vivait au fin fond de la banlieue sud et aimait Leonard Cohen, la littérature japonaise et les vieux films. En la regardant sourire, j'ai réalisé à quel point elle était jeune et seule dans cette ville. À quel point aussi son frère occupait la majeure partie de ses pensées. Croiser un type sympa semblait l'avoir touchée au point de lui foutre les larmes aux yeux. J'ai sorti la bouteille et les deux flûtes en plastique que j'avais achetées au Franprix. J'ai fait sauter le bouchon. Elle a eu l'air surprise.

— Qu'est-ce qu'on fête ?

J'ai pris un air mystérieux et j'ai rempli nos verres. On a trinqué et c'est seulement là que j'ai lâché le morceau.

— Je vais être publié.

— Quoi ?

— J'ai reçu un appel ce matin. Franchement j'y croyais plus. Je me souvenais même plus que cette maison d'édition m'avait pas encore répondu. Ça fait quatre mois qu'ils avaient mon manuscrit. Toutes les autres ont refusé mon texte sans la moindre explication. J'ai reçu les lettres types habituelles. Malgré ses qualités votre roman ne correspond pas à la ligne de la maison et bla-bla-bla et bla-bla-bla. Je la vois demain. Mais elle m'a dit texto qu'elle voulait publier mon roman.

— C'est génial. Ben… Félicitations, alors.

On a bu et le soleil diagonal éclairait son visage. Je la trouvais tellement touchante. D'une beauté discrète qui me filait des fourmis dans le cœur. Bien sûr ça n'avait aucun sens. Elle avait dix-huit ans et j'en avais dix de plus. Dans quelques années ça n'aurait plus d'importance mais pour le moment ce n'était encore qu'une adolescente paumée dans la grande ville. Elle me touchait cette fille. Elle me touchait vraiment. La nuit précédente je l'avais longuement contemplée dans son sommeil. J'avais dû prendre sur moi pour résister à la tentation de poser ma main sur la sienne et d'entrer dans ses rêves. Mais je m'étais retenu. Ce genre d'expérience ne m'avait jamais rien valu de bon. Je regrettais même de lui en avoir parlé. D'être entré en connexion avec son frère à l'hôpital. Elle avait bien réagi sur le coup, mais à présent elle devait me prendre pour un dingue. Elle ne serait pas la première. À part Su et quelques autres, tous les gens à qui j'ai parlé de ça un jour m'ont regardé comme si j'étais fou. Ou un putain de menteur dérangé. Un type qui voulait faire son intéressant. La pire, ça a été ma mère : elle m'a direct envoyé consulter un psy. Le docteur Dayan. Il m'a écouté patiemment avant de me parler d'autosuggestion, des pouvoirs trompeurs du cerveau quand on voulait se persuader de quelque chose. Je lui ai répondu que j'avais des preuves : des gens qui m'avaient confirmé qu'ils avaient bien fait le rêve que j'avais entrevu pendant la nuit où je leur avais pris la main dans leur sommeil. Des photos que d'autres m'avaient montrées et qui correspondaient exactement aux visages que j'avais visualisés tandis que je tenais leurs doigts dans les miens. Mais le doc n'a rien voulu savoir. Il a commencé à parler de troubles psychiatriques, de traitements médicamenteux, de séances sur des mois et des mois. J'avais quinze ans. Ça m'a foutu la trouille. J'ai fait marche arrière. J'ai dit OK, doc, vous m'avez percé à jour. J'ai tout inventé. On a parlé un peu de ma famille et de mon besoin d'exister au milieu de mes frères si brillants, de me faire remarquer d'une manière ou d'une autre. J'ai acquiescé à toutes ses hypothèses. Il m'a demandé quatre-vingts balles et je ne l'ai jamais revu. Avec ma mère on n'a plus jamais parlé de tout ça. De son point de vue, j'avais arrêté mes conneries et c'était tout ce qui comptait.

J'ai regardé l'heure. Je n'allais pas tarder à devoir prendre mon service. J'ai quitté Léa et j'ai marché jusqu'à la brasserie. Simona tirait une tronche de huit mètres de long. Elle avait retrouvé la trace de la fille de l'autre nuit. L'avait appelée et la nana l'avait envoyée chier. Non elle ne voulait pas la revoir. Elle n'était pas ce genre de fille. Elle n'aimait pas les relations suivies. Ne cherchait pas à se caser. Ne croyait pas à l'amour. Et encore moins au couple. J'ai enfilé mon tablier et je suis allé voir les clients en terrasse. Quelques minutes plus tard, un jeune type est passé dans la rue. Il m'a regardé avec insistance. Dans ses yeux, j'ai cru voir de la haine à l'état pur. Et puis il s'est éloigné pendant que je me demandais qui ça pouvait bien être, s'il me connaissait ou m'avait confondu avec un autre, ou s'il était simplement barge et fixait les gens comme ça dans la rue avec son air menaçant à longueur de journée.

Je fume à la fenêtre. Je me penche pour voir s'il y a de la lumière chez Léa. Et je tombe sur elle. Elle fume, elle aussi. Me dit qu'elle fait une insomnie. Elle s'est endormie tôt, sans même s'en rendre compte, en regardant un épisode de *Normal People*. Et puis elle s'est réveillée d'un coup, à l'heure où souvent Boris fait son cirque, comme si elle avait déjà pris l'habitude. Maintenant le sommeil la fuit. Je lui demande si elle veut finir la bouteille de champagne avec moi. Deux minutes plus tard, elle se glisse dans ma chambre et nous buvons dans la lumière tamisée. J'ai mis un disque de Max Richter. C'est le genre de musique qui fait que la vie se met soudain à ressembler à un film. Même le plus petit détail prend une dimension mystérieuse et romanesque. La position d'une main sur un verre. La manière dont tombent les cheveux. Les photos punaisées aux murs. Les objets. L'ombre de la cathédrale dans le cadre de la fenêtre. Les titres des livres alignés sur les étagères.

— Tu veux bien refaire le truc de l'autre fois ?

— Si tu veux.

Elle me tend sa main et je la serre dans la mienne. Je ferme les yeux. Respire profondément. J'essaie de faire le vide. De me relâcher. J'essaie de m'extraire de moi-même. Peu à peu je sens quelque chose se dédoubler sous mon crâne. Comme si mon esprit se détachait doucement, au ralenti. D'abord tout est noir. C'est comme glisser sans fin dans du satin. Puis une lueur comme un halo commence à poindre. Je m'approche et une image apparaît lentement. Je reconnais le frère de Léa, allongé dans la chambre plongée dans la pénombre. Par la fenêtre tombe un rayon de lune qui se dépose sur son visage. Il est plus pâle encore que l'autre fois. Translucide. Je me concentre sur son front. Je m'apprête à pénétrer ses rêves. Quand soudain quelque chose m'arrête. Un mouvement de son bras droit. Le tressautement de ses paupières. Et d'un coup ses yeux s'entrouvrent.

— Qu'est-ce que tu racontes ?

— C'est ce que je vois. Je suis désolé. C'est ce que je vois.

— C'est dégueulasse de me faire ça.

Léa se lève d'un bond. Elle me fixe avec fureur.

— C'est dégueulasse, elle répète. Je te fais confiance et tu me fais ce genre de coup tordu ? Tu crois quoi ? Que ça me donne de l'espoir ? Que ça me console de quoi que ce soit ? Que ça va me faire du bien que t'inventes qu'Antoine s'est réveillé ?

— Attends. J'y peux rien. C'est ce que j'ai vu.

— T'as rien vu, connard. Tu vois rien. C'est quoi ton délire ? Tu t'inventes des genres de pouvoirs surnaturels pour embobiner les jeunes filles crédules. C'est comme ça que tu les mets dans ton pieu ? Mais c'est bidon ton histoire. Voir les gens dans leur sommeil. Percevoir leurs rêves. Franchement pour un écrivain t'as une imagination de merde. Tu vas pas aller loin avec tes bouquins.

— Justement. Réfléchis. Si j'inventais j'aurais trouvé un truc mieux que ça. Ça tiendrait pas la route dans un livre. Réfléchis, merde. Je prends la main de quelqu'un et je vois la personne à qui elle pense, mais seulement si cette personne est en train de dormir. Et après je vois quelques images peut-être tirées des rêves qu'elle fait. C'est trop nul, putain.

— Je te le fais pas dire.

Elle se dirige vers la porte et quitte la chambre sans un mot. Je finis mon verre. J'éteins la lumière et m'effondre sur mon matelas. Je ferme les yeux. Je sens encore dans ma main la chaleur de la sienne. Je fais le vide. Je décolle. Et à nouveau je me retrouve dans cette chambre d'hôpital, avec Antoine, mais il n'est plus seul. Il a les yeux grands ouverts maintenant, et des tas de médecins s'activent autour de lui. Ses lèvres bougent au ralenti mais je n'entends rien. À son regard je comprends qu'il voudrait pouvoir poser une question, articuler des mots. Qu'est-ce que je fais là ? je suppose. Qu'est-ce qui m'est arrivé ? j'imagine.

antoine

D'abord tout s'est nimbé de brouillard. Je ne baignais plus dans cette grande lumière limpide. Je nageais dans le coton. Puis ça s'est dissipé et des images très nettes ont pris toute la place. Des scènes dont j'étais le spectateur invisible. Toujours les mêmes. Mais en sens inverse cette fois. D'abord la mer. J'ai reconnu l'endroit exact. Des mots se sont formés dans ma tête. La côte d'Émeraude. La plage de Saint-Lunaire. Il y avait des milliers d'oiseaux. Mes parents. Léa. Puis j'ai vu ma grand-mère. Elle se déplaçait en fauteuil roulant, comme la fois où elle était venue en vacances avec nous à la fin de sa vie. Nous la poussions sur le sable, choisissions le meilleur point de vue. Et elle restait des heures à contempler le paysage. Cette fois elle ne m'a pas demandé de partir. Elle m'a juste fait un signe de la main. Comme si elle me disait adieu. Ou à plus tard. Au loin, j'ai vu aussi passer ce grand type aux cheveux noirs un peu longs et vêtu de sombre. Puis quelque chose m'a tiré vers l'arrière et je me suis enfoncé dans la forêt. Les arbres frissonnaient tout autour de moi. J'ai débouché sur une clairière. Hugo m'y attendait, près de son vélo. Il me souriait. J'ai senti mon cœur battre plus fort. Ça faisait combien de temps que je ne l'avais pas senti battre? Que je n'avais pas eu conscience de la moindre parcelle de mon corps. Et puis soudain quelque chose m'a aspiré. Je ne flottais plus, non. Au contraire je m'enfonçais. J'avais de nouveau un poids. J'étais redevenu lourd. Et je m'enfonçais. Je chutais très lentement. Comme on sombre dans le sommeil parfois. Avec cette sensation de plomb dans tout le corps. J'ai essayé de résister mais c'était impossible. J'ai senti la panique me gagner. Peu à peu tout est devenu plus sombre. J'ai commencé à sentir mes mains, mes pieds, mon visage. C'est dingue comme on n'a pas conscience de son corps en général. Je veux dire : autrement que dans la fatigue physique ou la douleur, autrement que dans l'effort musculaire, autrement qu'en étant touché par un autre. J'ai compris que j'étais allongé. Je sentais le contact d'un matelas sous mon dos. Des draps sur mon torse. Quelque chose pesait sur mon bras. Une douleur lancinante au niveau des poignets. Puis ce sont les sons qui sont devenus plus précis. Des bruits électroniques. Un ronronnement. Le vrai bruit du silence. La rumeur d'une voiture au loin. Un cri d'oiseau. Des voix comme provenant d'une autre pièce. Des voix comme à travers un mur. J'ai essayé de bouger ma main mais rien ne s'est produit. Ou bien je ne l'ai pas senti. Mais je percevais tout de plus en plus nettement. Mon propre corps. Les pensées qui circulaient sous mon crâne. Les images qui s'y fixaient. Le visage de mes parents. Celui de ma sœur. Hugo. La maison. Le collège. C'est comme si j'avais repris soudain possession de mon cerveau. Que je pouvais à nouveau le diriger. Qu'il ne flottait plus sans contrôle. Sans que j'ai la moindre prise sur lui. Je me suis demandé où j'étais. Ce qui se passait. Je sentais bien que la situation n'était pas normale. Que je ne dormais pas vraiment. Que je n'étais pas dans ma chambre, chez moi, dans mon lit. Que j'étais ailleurs. Et je ne savais pas quand. J'ai essayé de visualiser la dernière chose dont je me souvenais. Ce que je faisais juste avant le grand blanc. Avant les grandes plaines livides et les silhouettes embrumées, avant les voix recouvertes de coton. J'ai vu le collège, j'ai vu la maison vide, j'ai vu le cours de tennis. Hugo. Puis je me suis vu sur mon vélo. En train de rentrer chez moi j'imagine. Et puis plus rien.

Je crois que je viens de réussir à bouger la main. J'essaie d'ouvrir les yeux mais mes paupières sont scellées, lourdes comme de la fonte. J'entends du bruit. Une porte qu'on ouvre. Des gens qui s'agitent autour de moi. Je sens qu'on me touche. J'entends des voix.

— Antoine ? Antoine ? Tu es là ? Si tu nous entends fais-nous signe.

J'obéis. Je me concentre de toutes mes forces. Ma main se soulève légèrement du drap. Enfin je crois. Je ne suis pas sûr.

— C'est bien, Antoine. C'est très bien. Tout va bien. Est-ce que tu crois que tu peux ouvrir les yeux maintenant ?

Je respire profondément. Et lentement mes paupières s'écartent. D'abord je vois un plafond blanc. Rien d'autre. Puis des visages se penchent sur moi. Je ne reconnais personne. Deux femmes et un homme. Ils portent des blouses.

ANTOINE

— C'est bien, dit l'homme. C'est très bien. Tu es de retour parmi nous. Tu es dans un hôpital. Tu as eu un accident. Tu étais dans le coma. Mais c'est fini. Te voilà de retour.

Chloé

Je suis en retard comme d'hab. Même pas le temps de me maquiller. J'attrape mon sac et mon téléphone, j'embarque mon mascara et mon rouge à lèvres, et je dévale l'escalier. En bas je croise mon père avec son café à la main, il est encore en pyjama et me demande en bâillant comment ça va ce matin, si j'ai bien dormi mais je n'ai pas le temps de lui répondre.

— Je suis méga à la bourre, je lui dis en enfilant mes pompes. Et je sors.

Une fois dans la rue, je cours comme une dératée dans les allées du lotissement. Je vois les parents de Léa près de leur bagnole. Ils me font signe, ils m'appellent, ils ont un truc à me dire, ils ont l'air tout excités mais j'ai pas le temps pour eux non plus. Je suis en retard, je leur crie, sans m'arrêter ni ralentir, les yeux fixés sur l'arrêt de bus au bout de la rue. Je vois le véhicule se pointer, s'immobiliser et ouvrir ses portes pour accueillir les voyageurs. Merde. J'accélère. J'arrive juste avant que ça se referme. Je reste un moment debout accrochée à la barre. J'ai les poumons en feu. Les autres passagers me regardent en se marrant. Qu'est-ce qu'il y a de si drôle, bordel ? Quand l'air se remet à circuler à peu près normalement je cherche une place pour m'asseoir. Je colle ma tête à la vitre. Et je ferme les yeux un instant. Puis je sors mon téléphone de ma poche. Gabriel m'a envoyé plusieurs messages sur WhatsApp pendant la nuit. Putain. Il est toujours plus à fond dans son délire. Dans le premier il me dit qu'il ne sait pas quoi faire. Le modèle de la bagnole de son père correspond à celui dont ont parlé les flics. La couleur. L'année. Tout. Il me joint une facture mentionnant des travaux de carrosserie. Pourquoi il m'envoie ça ? Qu'est-ce qu'il veut que j'en fasse ? J'ouvre les deux autres messages. Il me demande pourquoi je ne lui réponds pas, me dit qu'il a besoin d'aide. Dans le plus récent il m'écrit : tant pis je vais voir les parents de Léa, je vais leur dire. Je regarde l'heure à laquelle il me l'a envoyé. C'était il y a quinze minutes. S'il est parti dans la foulée il doit déjà être arrivé. Mais quel con.

— Arrêtez le bus ! Arrêtez le bus ! je me mets à gueuler.

Le chauffeur me fait signe que non. Il me jette un regard furieux. Genre indigné. Je me lève et je m'approche de lui en lui criant de m'ouvrir, c'est important mais il fait celui qui n'entend pas. Je l'implore. Des passagers viennent à mon secours. Mais ouvrez-lui enfin. Si elle vous dit que c'est important. C'est pas possible d'être aussi buté. On arrive près d'un feu qui passe au rouge. Le bus s'immobilise. Le chauffeur me regarde en secouant la tête mais il finit par appuyer sur un bouton et les portes s'ouvrent. Je sors comme une dingue, me viande sur le trottoir, me relève et me mets à courir même si ma cheville et mes genoux me font un mal de chien.

J'aperçois l'entrée du lotissement au loin. Devant moi, à peut-être deux cents mètres, il y a un type qui marche et pourrait très bien être Gabriel. Mais tout le monde pourrait être Gabriel, de loin. Un sweat dont il a relevé la capuche, un jean. Un sac à dos. L'uniforme classique de tous les mecs de notre âge. Je cours encore mais je vais bientôt être à bout de souffle. Et je sens pointer la crise d'asthme. Je fouille dans ma poche sans ralentir histoire de vérifier que j'ai bien mon Airomir. Le type est à portée de voix maintenant. Je gueule mais il ne se retourne pas.

— Gabriel, attends-moi, je répète mais pas de réaction.

Arrivé devant l'entrée du lotissement il ne tourne pas et poursuit son chemin tout droit, vers le centre-ville. OK. Soit c'était pas lui, soit il a renoncé. Je ralentis. Je ne cours plus maintenant. Je me contente de marcher vite tandis que ma respiration commence à siffler. Je sors mon Airomir de ma poche et m'en envoie trois bouffées. J'arrive au croisement et devant chez Léa, je vois un type en jean et sweat à capuche. Pas le même que tout à l'heure. Plus j'avance et plus c'est clair. Cette fois, c'est Gabriel. Il fait les cent pas devant la maison en se rongeant les ongles. Je vois bien qu'il hésite. Qu'il cherche le courage d'appuyer sur la sonnette. Je crie son nom et il se retourne. Me regarde les yeux écarquillés, une moue d'incompréhension tordant ses lèvres. Je lui fais signe de me rejoindre. Je ne tiens pas à ce que mes parents me voient. À cette heure-là, ils s'apprêtent à partir au boulot. Je n'ai pas envie de leur expliquer ce que je fous là, ni pourquoi je ne suis pas en route pour l'IUT. Ils ne me saoulent plus trop avec les cours, me laissent tranquille avec le boulot que j'ai à faire à la maison, ne me posent pas plus de questions sur le contenu des enseignements que sur mes notes mais ils sont hyper à cheval sur un truc : ils veulent pas que je sèche. Un jour je leur ai répondu que j'avais dix-huit ans, que j'étais assez grande pour savoir ce que je faisais et ils m'ont remis à ma place vite fait : tant que tu vis sous notre toit, tant qu'on te paye tes cours, tes bouquins, tes fringues, ta bouffe, c'est nous qui définissons les règles. T'as la chance de faire des études alors tu vas en cours. Même si c'est chiant t'y vas. Sauf si t'as trente-neuf de fièvre t'y vas. Point barre. Le reste, tant que tu passes en deuxième année, tu fais comme tu veux, ça ne nous regarde pas, effectivement.

Gabriel se dirige vers moi et du menton je lui désigne l'allée qui mène à une grande pelouse plantée de chênes immenses. En la traversant on arrive à la petite porte en fer forgé creusée dans le mur d'enceinte qui sépare le lotissement de la forêt. Il me suit sans un mot. La porte grince et on se retrouve sous les arbres dont les feuillages commencent doucement à jaunir.

— Qu'est-ce que tu fous ? je lui demande.

— Tu sais très bien ce que je fais.

— T'es dingue.

— Quoi je suis dingue ? C'est lui. C'est lui l'enfoiré qui a renversé Antoine et s'est tiré comme un lâche.

— T'en sais rien.

— Si. Je le sais. Je le sens.

— Tu le sens ? Putain. T'as un foutu sixième sens ? T'es extralucide ?

— J'ai des preuves. C'est le même modèle de bagnole.

— Y en a des centaines de milliers, des voitures de ce genre. Ma mère avait la même il y a encore six mois.

— Mais t'es aveugle ou quoi ? Il a refait faire la carrosserie, changé le pare-chocs, le bouclier ou je sais pas quoi, là.

— Et alors ? C'est juste une coïncidence. Ça arrive tous les jours de se faire emboutir. Pas besoin d'avoir renversé quelqu'un et d'avoir pris la fuite pour ça.

Il me regarde en secouant la tête, totalement perdu, les poings et les mâchoires serrés, les épaules et le cou contractés sur le point d'exploser. Mais il confond tout, je lui dis. Il est en colère contre son père, ils ont une relation de merde, sa mère est malheureuse comme les pierres, il n'en peut plus, OK. Mais son délire, là, c'est un désir de vengeance complètement déplacé. Qu'est-ce qu'il veut ? Que son vieux se fasse embarquer par les flics, comme ça, sans véritable preuve, juste parce que son fils peut plus l'encadrer ?

— Ça n'a rien à voir.

— T'es sûr ?

— OK j'ai la rage contre lui. Mais ça n'a rien à voir. Il m'a menti. Il m'a dit que la bagnole avait un problème d'embrayage ou je sais plus quoi. Pourquoi il m'a pas dit qu'il avait refait faire la carrosserie si c'est pas parce qu'il a quelque chose à cacher. Si c'est pas lui l'enculé qui a renversé Antoine et l'a laissé à moitié mort sur cette putain de route ? Tout concorde. C'est pas possible autrement.

— Et alors ? Même… T'as réfléchi aux conséquences ? Imaginons que t'aies raison. Tu le dis aux parents de

Léa. Ils signalent ton père aux flics. Ils viennent le choper. Il avoue. Qu'est-ce qui va se passer à ton avis ? Il va finir en taule. C'est ça que tu veux ? Que ton père finisse en taule ?

— T'en sais rien. Il ira pas forcément en taule. Il aura une amende. Les parents d'Antoine toucheront des dommages et intérêts.

— Tu crois qu'ils en ont quelque chose à foutre de l'argent ? De tes dommages et intérêts à la con ? Ce qu'ils veulent c'est récupérer leur fils et rien d'autre. Et t'imagines un peu le bordel chez toi ? Tu penses à ta mère, un peu ? Et ton père ? Tu peux quand même pas le détester à ce point. C'est ton père, merde…

Il me regarde, complètement décontenancé. Je lui propose de marcher un peu. Ça me flingue de le voir comme ça. À ce point torturé. Décomposé. En plein pétage de plombs.

— Respire, je lui dis.

Et il m'obéit. Prend de grandes inspirations. Se remplit d'air végétal. Au pied des arbres, au milieu des fougères et des racines couvertes de mousse subsistent quelques fleurs sauvages. On n'entend rien sinon le bruissement des branchages, le piaillement des oiseaux. De temps en temps un coucou. Puis le croassement d'un corbeau. Nous nous enfonçons dans les bois inondés de lumière, nous dirigeons vers la clairière et je lui prends la main. Il me regarde étonné. Je hausse les épaules. Ses yeux se plissent. Il me fixe en cherchant à démêler quelque chose en moi. Un signe. Une explication. Je m'immobilise. Plante mes yeux dans son regard. Serre un peu plus sa main dans la mienne.

— T'as toujours pas compris, ducon.

— Compris quoi ?

— Depuis le temps, t'as toujours pas compris ?

— Mais compris quoi ?

J'approche mon visage du sien et pose un baiser sur ses lèvres.

— Compris ça.

simon

J'ai mal dormi. Passé la nuit dans cet état étrange, en lisière du sommeil, où l'esprit continue à turbiner. Pas besoin de chercher longtemps pour comprendre ce qui pouvait bien expliquer ça. Léa, évidemment. Léa bien sûr. Dès le premier jour je l'avais remarquée. À cause de sa discrétion. C'est paradoxal, non ? Remarquer quelqu'un à cause de sa discrétion. J'ai mis une semaine avant d'oser lui parler. Une semaine pendant laquelle je l'ai observée. Toujours en retrait, silencieuse, solitaire. Je la quittais pas des yeux et il y avait cette chose mystérieuse en elle, comme un secret, une tristesse, une inquiétude. Pendant les cours, je m'installais pas trop loin d'elle. Je la regardais à la dérobée. Parfois sa nuque, quand elle relevait ses cheveux. Sa main ramenant une mèche derrière l'oreille. Parfois son profil que caressait la lumière entrant par les fenêtres. J'essayais de ne pas l'avoir dans le dos pour ne pas avoir à me retourner. Rester discret moi aussi. À la pause du midi, je la suivais de loin. Elle n'accompagnait ni les bourges qui filaient au café ou au resto, ni les autres qui se contentaient du resto U ou d'un sandwich à la cafète. Elle non plus ne mangeait pas. Elle aussi cherchait un coin tranquille où lire. Elle aussi se plongeait dès que possible dans un bouquin, ses écouteurs dans les oreilles. Elle sortait du côté du périph, passait le pont et marchait parmi les arbres en direction de l'étang. Souvent je la voyais prendre des sentiers de traverse, les quitter même, pour marcher dans la terre couverte de feuilles mortes, les yeux rivés aux frondaisons traversées par le soleil. Je m'installais à quelques bancs de distance. J'ouvrais mon propre livre et nous lisions ensemble, sans qu'elle n'en sache rien.

À la fin des cours, je la regardais s'engouffrer dans le métro. Je l'y ai suivie une fois. Elle est descendue à Ternes, a traversé la place au niveau de la brasserie La Lorraine, longé la rue du Faubourg-Saint-Honoré, la salle Pleyel, puis viré dans une petite rue calme, d'immeubles bourgeois et de bureaux, où seul un restaurant russe apportait un peu de vie. L'immeuble où elle est entrée se dressait face à la cathédrale orthodoxe Alexandre Nevsky. Sur le coup ça m'a estomaqué. Je ne l'avais pas imaginée vivre là. Je ne sais pas pourquoi. Quelque chose dans sa manière d'être. Sa façon de ne pas se mêler aux autres. De regarder avec méfiance le groupe de petits fils et filles à papa des beaux quartiers et des banlieues chic du 78 ou du 92 qui composaient le gros des troupes dans notre TD. Et puis j'ai compris quand je l'ai vue à sa fenêtre tout là-haut, s'allumant une cigarette les yeux rivés au christ doré qui ornait le fronton de l'église. Elle vivait dans une chambre de bonne. Devait venir de plus loin que moi encore. Des périphéries plus radicales, où la ville et la campagne sont indémêlables, des zones incertaines. Ou bien elle venait d'une autre région. Je l'imaginais en fille des bords de mer, promenant sa mélancolie sur des sentiers mangés d'ajoncs, de fougères, des landes brumeuses, semées de genêts et de bruyère.

Le reste du temps je marchais un peu dans les rues avant de prendre mon RER. Je longeais les larges avenues bordées de façades blondes que venaient griffer les feuillages des arbres. C'étaient des rues silencieuses, calmes, presque sans vie. Peuplées de fantômes. Je regardais les plaques de rues. Je scrutais les noms sur les interphones, les fenêtres où passaient des ombres. M'imaginais des vies. Parfois le hasard mettait une église sur mon chemin. J'entrais un instant. M'asseyais. Sortais mon carnet et tentais d'écrire un peu. Sans prétention. Sans ambition. Juste pour moi. Et un peu pour elle, peut-être. Si un jour je prenais mon courage à deux mains et osais l'aborder. Si un jour elle levait les yeux vers moi et s'apercevait de ma présence. Je n'étais même pas sûr qu'elle m'ait repéré dans la classe. Je n'étais même pas sûr que mon visage lui dirait quoi que ce soit si nous nous croisions dans la rue. J'étais si transparent, je le savais. Au lycée, il m'arrivait de me joindre à mes camarades après les cours. Nous marchions vers le parc de loisirs. Lentement je me laissais décrocher. M'extrayais du groupe sans un bruit. Je restais un moment à distance raisonnable. Juste histoire de vérifier que personne ne s'apercevait que je manquais désormais à l'appel. Que j'avais déserté.

Je griffonnais un ou deux poèmes, à la lumière des cierges et des vitraux. Tout sentait l'encens et la poussière, le bois ciré et la pierre. Puis je rebroussais chemin et regagnais la station de RER.

Avant de partir je suis entré dans la chambre de mon grand frère. Il ne vit plus à la maison depuis un an maintenant. A emménagé avec sa copine dans le neuvième arrondissement de Paris, bosse dans une banque où il se fait chier comme un rat mort. Il a fait des études de droit, faute d'envie, de projet réalisable. Mais son truc à la base c'est la musique. Seulement ça ne nourrit pas son homme. Pas avant d'avoir percé en tout cas. Et pour percer il faut pouvoir s'y consacrer corps et âme et à plein temps. En avoir les moyens. Une équation insoluble. J'ai scruté sa bibliothèque. J'en ai extrait deux romans. Un que j'avais déjà lu et que je voulais prêter à Léa. Un autre pour moi. Puis je me suis mis en route pour la fac.

Léa est arrivée après moi. Le prof avait déjà ouvert la porte et je m'étais installé seul à une table près des fenêtres. Je sortais mes affaires de mon sac, m'apprêtant à m'emmerder ferme et à ne rien comprendre étant donné que c'était mathématiques, quand je l'ai vue apparaître. Elle a scruté la pièce et a fini par accrocher mon regard et me sourire. Je l'ai regardée se diriger vers moi et s'asseoir à mes côtés, comme si c'était la règle, désormais. Une évidence. J'ai jeté un œil à Anna et elle avait l'air vexée. J'ai eu un peu de peine pour elle mais qu'est-ce que j'y pouvais. Le cours a commencé. Je n'ai pas écouté grand-chose. Ni pendant cette heure ni durant celle qui a suivi. J'étais trop perturbé par sa présence. Son visage que j'observais à la dérobée. Ses gestes. Ses attitudes.

Son odeur. Son corps si près du mien. Parfois, par mégarde, nos bras ou nos genoux se frôlaient. C'étaient comme des décharges électriques dans mon cerveau. Je n'avais jamais ressenti ça avec tant d'intensité. Pourtant je ne la connaissais qu'à peine. Mais tout en elle me touchait. Je n'y pouvais rien. Je ne contrôlais rien.

À dix heures, on nous a annoncé que le prof de microéconomie était absent. Tout le monde est ressorti de la salle. Les autres ont convenu d'aller au café. Avec Léa on ne s'est même pas consulté. On a pris la direction inverse et on s'est dirigés vers le bois.

On était sur « notre » banc, face au lac. On bavardait. Je ne sais même plus de quoi. Soudain elle s'est excusée. Son téléphone vibrait. Elle l'a sorti de sa poche. A regardé l'écran où j'ai vu apparaître le mot maman. Je l'ai sentie se tendre. Elle m'avait confié qu'à chaque fois que ses parents l'appelaient elle redoutait une mauvaise nouvelle. Personne n'avait l'air de savoir comment allait évoluer le coma de son frère. Dans quel sens. Et elle ne pouvait s'empêcher de craindre le pire, même si elle ignorait la forme que ça pourrait prendre. Il arrivait qu'après un accident de ce genre la victime ne se réveille jamais. Que son état se dégrade de manière inexplicable. Qu'elle ne cesse de s'enfoncer. Il arrivait aussi qu'au réveil les séquelles soient lourdes. Irrémédiables, parfois. Que des fonctions vitales soient atteintes. Que la mobilité, les capacités intellectuelles ou le langage soient affectés. Il arrivait qu'une nouvelle personne surgisse des limbes. Méconnaissable. Sans mémoire. Vêtue d'une autre personnalité. J'avais essayé de la rassurer. Même si je ne connaissais rien à tout cela. Je savais juste qu'on pouvait sortir du coma comme d'un long sommeil étrange. Qu'il arrivait qu'on en garde des souvenirs diffus. Qu'on mette un peu de temps à retrouver ses esprits, mais sans dommage par ailleurs. Mon frère avait eu un accident l'année de ses quinze ans. Il avait perdu connaissance pendant trois heures. Et s'était réveillé sur un lit d'hôpital. Intact à part son bras cassé. Il n'avait même pas eu conscience d'avoir été plongé dans le coma. Il lui semblait n'avoir fermé les yeux qu'un court instant. Être passé sans transition du mur qu'il tentait d'escalader pour quitter le lycée en douce à ce lit dans cette chambre bleue. Comme s'il avait été téléporté. Quand je lui avais raconté ça, Léa m'avait remercié. Ses yeux étaient remplis d'une gratitude que je ne pensais pas mériter.

Elle a fini par décrocher. Je l'ai entendu dire allô, écouter un instant ce que sa mère lui disait. Puis son visage s'est figé.

Léa

Je sors de la fac avec Simon mais j'ai pas envie de rentrer tout de suite. J'ai pas envie d'être seule. Je sais qu'au sixième étage Nathan ne sera pas là. Il a rendez-vous avec son futur éditeur. Il a répété la phrase suffisamment de fois comme ça hier soir. J'ai rendez-vous avec un éditeur ! Demain. À seize heures. Il n'en revenait pas de pouvoir prononcer ces mots. Il n'arrivait pas à se convaincre qu'ils étaient vrais. Pince-moi, il me répétait. Pince-moi. Et puis après, tout a dérapé. Il a pris ma main et il a fait son numéro. Je n'y croyais pas vraiment mais je le lui ai demandé quand même. Parfois on est prêt à se raccrocher à n'importe quoi pour tenir. Avoir la force d'avancer. Tout est parti en vrille quand il a commencé à me raconter qu'il voyait Antoine entrouvrir les yeux. Je lui en ai tellement voulu. Je suis partie comme une furie. Pourquoi il m'avait fait ce coup-là ? Pourquoi il me prenait pour une conne ? Qui il était pour jouer comme ça avec moi ? Avec mes espoirs. Avec mes peurs. Maintenant bien sûr je regrette de m'être comportée ainsi. Maintenant je suis perdue. Comment c'est possible ?

Comment expliquer une coïncidence pareille ? Il invente ça au moment précis où ça se produit. Antoine ouvrant les yeux. Tout à l'heure je lui ai quand même envoyé un message : Antoine s'est réveillé. Ça s'est passé cette nuit. Il est très faible. Ils vont le garder quelques jours en observation. Si tout va bien il sera rentré ce week-end. Pardon pour hier. Je suis désolée d'avoir réagi comme ça. J'ai cru que tu me prenais pour une conne et que tu jouais avec moi.

Et maintenant? il a répondu. Tu penses quoi ? En tout cas je suis tellement heureux que ton frère soit de nouveau parmi nous. Heureux pour lui. Heureux pour toi.

Maintenant je sais pas, je lui ai écrit. Soit t'es le menteur le plus chanceux de l'univers. Soit t'es le superhéros le plus nul de tous les temps avec tes pouvoirs pourris qui servent à rien. Quoi qu'il en soit : merde pour ton rendez-vous. Et peut-être à cette nuit à la fenêtre.

On marche vers le RER et la station de métro et je demande à Simon s'il a quelque chose de prévu, s'il est pressé. J'ai un peu honte parce que je sais qu'il habite loin et doit se farcir une heure et demie de trajet mais il me répond qu'il a du temps, lui non plus n'a pas envie de rentrer chez lui tout de suite, et puis de toute façon le plus souvent il traîne un peu après les cours, se balade au hasard dans Paris, flâne dans les rues et repousse au maximum le moment de regagner sa banlieue.

Il me demande où je veux aller et je hausse les épaules.

— Je sais pas. Je suis pas tellement sortie de mon quartier. À part pour la fac, alors.

— OK, il me fait.

Il se met en route et m'invite à le suivre. On prend le métro et j'ai un sourire aux lèvres malgré moi. Je suis tellement soulagée, tellement heureuse, je ne fais même pas gaffe aux stations, je ne réalise pas vraiment la façon qu'a Simon de me regarder et de sourire lui aussi. Je n'arrête pas de me repasser le coup de fil de ma mère dans ma tête. Sa voix tremblante d'émotion qui m'a fait craindre le pire quand elle a commencé à parler. Et puis l'explosion dans mon cœur quand elle a prononcé ces mots : il est réveillé. Aussitôt après, elle a tempéré. Elle venait de le voir et il était épuisé, avait du mal à garder les yeux ouverts. Ses côtes cassées, son poignet fracturé le faisaient souffrir. Il était faible. Mais en les voyant arriver, elle et mon père, il avait articulé les mots papa, maman. Il n'avait pratiquement rien dit de plus. Juste répondu non quand ils lui avaient demandé s'il se souvenait de ce qui s'était passé. Et oui quand ils lui avaient demandé s'il avait mal quelque part. Les docteurs avaient conseillé à mes parents d'y aller doucement. Mais les premiers tests étaient encourageants.

— Il va sortir quand ?

— Pas tout de suite, m'a répondu ma mère. Ils vont lui faire pas mal d'examens. Vérifier qu'il va bien. Il devra voir un neurologue, des psys, un orthophoniste, tout un tas de trucs. Ça va prendre plusieurs jours. Mais si tout va bien, peut-être, ce week-end, il sera à la maison. On te tient au courant.

Un peu plus tard elle m'a envoyé une photo. Antoine sur son lit. Les traits creusés. Mais les yeux ouverts. Une grimace tordait un peu ses lèvres. Ma mère a commenté : il t'envoie un sourire. Il a prononcé ton nom. Je n'ai pas pu me retenir. J'étais en cours mais les larmes se sont mises à couler sur mes joues sans que je puisse rien faire pour les retenir. Simon m'a tendu un mouchoir et m'a demandé à voix basse si ça allait. Je lui ai montré la photo en douce et il m'a souri. Ses yeux brillaient et ça m'a touchée qu'il soit ému lui aussi. N'empêche qu'on s'est bien fait gauler. Le prof s'est interrompu, je ne sais même plus de quoi il parlait, un truc imbitable au sujet de la création monétaire, de toute façon je n'avais rien écouté depuis le début du cours. Et je n'en avais rien à branler de la création monétaire.

— Mademoiselle, je vous prie de ranger votre téléphone. Et de bien vouloir suivre le cours. Sinon, il y a la porte. Je ne vous retiens pas.

Tout le TD s'est tourné vers nous. On s'est bien tapé l'affiche mais à cet instant précis, je m'en foutais royalement.

Je suis Simon dans les couloirs du métro et on débouche sur une place où confluent trois larges avenues. On se dirige vers une rue commerçante.

— T'as faim ? il me demande et je me rends compte que oui, j'ai une faim de loup, tout à coup.

Ça fait des siècles que j'ai pas eu aussi faim. Simon me désigne un petit stand de crêperie donnant sur la rue. Il y commande deux crêpes chocolat noix et on les dévore en flânant le long des boutiques. Tout est si léger soudain. On s'arrête devant les librairies. On entre dans un petit cabinet de curiosités. On regarde les vêtements dans les vitrines en choisissant ceux qu'on achèterait si on en avait les moyens. À plusieurs reprises il bifurque, il semble savoir où il va et je le suis les yeux fermés, le cœur délassé, battant la chamade. On finit par déboucher sur une jolie place avec une église et entourée de restaurants pour bobos. On fait le tour du bâtiment. De l'autre côté il y a un parc. On y entre et il me fait remarquer l'allée étroite, cernée de végétation et bordée par un ruisseau, qui mène aux pelouses et à l'étang.

— T'as vu ? Allée Barbara. Enfant, elle vivait dans le coin, c'est pour ça.

— Comment tu sais que j'aime Barbara ? Je me souviens pas t'en avoir parlé.

— Ah non ? Il me semblait pourtant. Mais de toute façon ça m'étonne pas. Je l'aurais parié.

C'est bien la première personne de mon âge à me parler de Barbara. Chloé se fout toujours de ma gueule avec ça. Tes chansons préhistoriques. Tes chansons de vieille. Tes chansons tristes à se flinguer. Parfois elle l'imite pour me faire enrager. Je prends une photo de la plaque et je la lui envoie pour rire. Tout à l'heure elle m'a laissé un long message pour me dire à quel point elle se réjouissait de la nouvelle. De son côté elle en avait une aussi, beaucoup moins importante mais quand même. Elle la gardait bien au chaud pour quand on se verrait. Mais je risquais d'être étonnée.

On a fait le tour de la pièce d'eau puis on s'est allongés dans l'herbe. Au-dessus de nous le soleil filtrait à travers les arbres. Les feuilles semblaient gorgées de lumière, éclairées de l'intérieur. Tout était très doux. J'ai fermé les yeux. Simon aussi. Soudain j'ai senti sa main se poser sur la mienne. Je l'y ai enfermée. Je l'ai senti se redresser un peu. Son visage s'est approché du mien. Et on s'est embrassés. J'ai repensé à ce truc que j'avais lu un jour au sujet des rêves. La façon qu'ils ont de nous tromper quand on cherche à les analyser. Leur manière de remplacer un visage par un autre, d'inverser les rôles. Les fausses évidences dont il faut se méfier. Au hasard : rêver qu'on embrasse un mec alors que c'est les lèvres d'un autre qu'on souhaite effleurer des siennes.

Nous sommes restés longtemps comme ça, nos bouches se décollaient puis se recollaient, elles n'en avaient jamais assez. Pas plus que nos mains ne se lassaient de toucher nos peaux. Au bout d'un moment nous nous sommes rendu compte que nous étions frigorifiés. Nous nous sommes relevés, avons quitté le parc et marché pendant deux heures en nous tenant la main. La rue des Dames. La rue Biot. Le pont Caulaincourt. Nous avons flâné au hasard dans les rues de Montmartre. Ruelles pavées, percées d'escaliers plantés de réverbères. Façades où courait la vigne vierge. Jardins secrets. Ailes des moulins. Maisons cossues aux fenêtres allumées.

— J'aimerais bien vivre par là plus tard, a fait Simon.

— Ben dis donc, tu seras vraiment blindé de fric, alors.

— Et ouais. C'est mon ambition dans la vie. Être pété de thunes.

Il s'est marré. Puis m'a embrassée le long des vignes. Pas loin de la statue de Dalida dont les seins dorés brillaient au soleil.

nathan

En passant devant la porte de Gloria, j'ai entendu la voix de Boris. Dans l'après-midi je les avais vus rentrer de l'hôpital ensemble. Des brancardiers avaient acheminé la vieille Espagnole jusqu'au sixième étage. Ils en avaient bien chié, avec leur civière, et Boris qui n'arrêtait pas de leur gueuler de faire attention et les encombrait plus qu'autre chose. J'étais sorti de ma chambre, alerté par le bruit. Su aussi. Enfin arrivée au sixième, Gloria nous avait lancé un regard empli de haine. Puis elle avait tenté de cracher des mots incompréhensibles. Su s'était tournée vers moi l'air interrogateur. Les brancardiers avaient conduit Gloria jusqu'à son lit sous le regard de Boris qui surveillait les opérations, l'air inquiet.

— Qu'est-ce qu'elle a dit ? je lui ai demandé.

— Que Su l'avait empoisonnée. Elle est persuadée que c'est à cause de son porc au gingembre. Elle en avait mangé ce soir-là. Elle pense que Su a été payée par Hidalgo pour la supprimer.

J'ai regardé Su et elle paraissait effondrée.

— T'inquiète pas, Su. Elle a pas toute sa tête. Ça fait longtemps qu'elle déraille. Et son AVC a rien arrangé. Mais je vais m'occuper d'elle. Par contre il vaudra peut-être mieux qu'une infirmière vienne pour les soins, finalement. Si c'est toi, elle va essayer de te mordre.

— De la mordre ? j'ai demandé.

Pour toute réponse il m'a montré sa main. Visiblement Gloria lui avait planté ses dents dans la chair à plusieurs reprises ces derniers jours. Une fois la convalescente installée, les brancardiers sont repartis. Au passage ils m'ont lancé :

— Sacrés numéros ces deux-là. D'après les collègues, ils ont foutu un beau bordel à l'hôpital…

Puis Boris est entré dans la chambre de la vieille Espagnole. Elle avait l'air furieuse, marmonnait des trucs inaudibles entre ses dents, faisait des grands gestes qui semblaient lui demander de la laisser seule, de quitter la pièce mais il n'en a tenu aucun compte et a refermé la porte derrière lui. Je suis resté un instant sur le palier. J'entendais Boris lui demander de se calmer, lui répéter qu'il allait s'occuper d'elle, qu'elle ne pouvait pas rester seule, qu'il n'allait pas la déranger.

— Tiens, je vais m'asseoir là. Dès que tu as besoin de quelque chose tu me demandes. Et pour le reste je te fous la paix. D'accord ?

Elle n'avait pas l'air de l'être mais il a semblé s'en foutre.

Maintenant tout paraissait plus calme. Le vieux Russe chantait à voix basse. Quelque chose comme une berceuse dans la langue dans son pays. Il la berçait comme une enfant. J'ai longé le couloir jusqu'à ma piaule. Sous la porte de celle de Léa passait un trait de lumière. J'ai toqué. Quelques secondes plus tard elle m'a ouvert. Elle était méconnaissable. Radieuse. Lumineuse.

— Ça va ? je lui ai demandé.

Elle a hoché la tête, submergée par l'émotion. Ce n'était pas la première fois que je voyais ses yeux se mouiller mais là c'était différent. L'expression de son visage irradiait de joie, de soulagement.

— Comment il va ?

— Il est faible. Amaigri. Mais il a prononcé quelques mots. Et il a réussi à se lever et à faire quelques pas. Apparemment il a l'esprit à peu près clair. Il ne se souvient pas de l'accident mais pour le reste ça semble aller. Il a même demandé si on irait en Bretagne pour les vacances de la Toussaint.

— En Bretagne ? En novembre ?

— Ouais. Il adore la Bretagne. Il dit que plus tard il vivra là-bas. Qu'au fond de lui, il est breton. Il chante tout le temps cette chanson, que chante Louis Garrel dans le film de Christophe Honoré, tu sais : « Je suis beau, jeune et breton. Je sens la pluie, l'océan et les crêpes au citron. » Et toi ? Ce rendez-vous ?

— Super… Enfin… Intimidant. Mais super. L'éditrice est sympa. On a parlé du texte, des corrections qu'elle va me proposer, du contrat, de la sortie.

— Tu dois être hyper excité.

— T'as pas idée.

— Tu vas lâcher ton job ?

— Tu rigoles ? L'avance qu'ils vont me filer, c'est même pas deux mois de salaire. Et ça sortira qu'au printemps. Et puis tu sais, comme elle me l'a bien répété, la règle en la matière, c'est l'échec. La plupart des livres qui sortent, personne en entend parler. Personne les achète. Et pour ce qui est du succès, c'est la loterie. Mais je m'en fous. Ce que je veux, c'est pouvoir proposer mon travail à d'éventuels lecteurs. Et avoir le temps d'écrire le prochain. Alors pour le moment, ça me va. Je change rien.

— Et les corrections qu'elle te propose, ça te va ? T'es d'accord.

— Oui. Pour la plupart. Le seul problème, c'est qu'elle veut que j'enlève quelque chose. Un détail concernant le narrateur. Un truc auquel elle croit pas.

— C'est quoi ?

— Ben… Le type a un genre de don. Il peut lire dans les rêves des gens qui dorment quand il leur touche la main. Ou se connecter aux gens auxquels ils pensent s'ils sont éveillés. Enfin… Tu vois de quoi je veux parler…

— Et elle y croit pas ? m'a demandé Léa dans un sourire moqueur. Ça m'étonne…

— Qu'est-ce que tu veux ? C'est ma croix… Personne me croit. Tout le monde est persuadé que je pipeaute. Et quand je mets ça dans un bouquin, où par définition tout relève de l'imaginaire, ça marche pas non plus. Je te l'avais dit d'ailleurs. Que c'était trop bidon pour que j'aie inventé un truc pareil. Et voilà, c'est le seul truc vrai du livre et ça sonne faux.

Elle m'a regardé d'un air étrange. Je crois qu'elle n'arrivait pas à se décider. D'un côté elle devait toujours se demander si je mentais et je pouvais parfaitement le comprendre. J'étais bien placé pour savoir qu'à moins d'être branché ésotérisme, spiritualité orientale, d'être un peu barré ou complètement désespéré il fallait s'accrocher pour avaler un truc pareil. De l'autre j'avais vu

Antoine se réveiller. Et il s'était bel et bien réveillé. Elle m'a fait signe de m'asseoir et m'a demandé si je voulais quelque chose à boire, elle avait deux trois bières dans le frigo. On les a bues côte à côte, sur son lit, adossés au mur. Son profil se découpait dans la pénombre. J'ai saisi doucement sa main. Elle m'a regardé d'un air interrogatif.

— Tu sais c'est bon, maintenant. J'ai plus vraiment besoin que t'ailles voir Antoine dans son sommeil. Je vais bientôt le voir en vrai. Et les yeux ouverts. Et doté de parole. Et debout. Et tout ce que tu veux.

Elle se méprenait mais je ne savais pas trop quoi faire pour la détromper. Je ne lui avais pas pris la main pour ça. Je lui avais pris la main parce que j'avais envie de la toucher. J'avais fait ça sans réfléchir. Ça m'était venu comme ça. Une impulsion. Un élan. J'ai approché mon visage du sien, mes lèvres n'étaient plus qu'à quelques centimètres de sa bouche. Je sentais son souffle se mêler au mien. Précipitamment elle a ramené le goulot de sa bouteille à sa bouche et je me suis écarté. Je voyais bien que sa bière était vide, qu'elle faisait semblant de boire. Puis elle s'est levée pour mettre de la musique. Elle semblait tendue tout à coup. Mais elle ne m'a pas demandé de partir. Elle s'est simplement dirigée vers la fenêtre et s'est allumé une cigarette, sans un mot pour ce qui venait de se produire. Je l'ai rejointe et j'ai allumé le bédo que j'avais prévu de fumer avec elle pour fêter le retour de son frère et mon contrat. On se l'est partagé et au bout d'un petit moment elle a semblé se détendre à nouveau. Elle a fini par se tourner vers moi, un mince sourire désolé aux lèvres.

— J'ai quelqu'un, tu sais. Enfin… Je crois. C'est tout neuf. Ça date d'aujourd'hui.

— Putain. C'est bien ma veine. À quelques heures près. J'ai raté ma chance on dirait.

— Oui. On dirait. Mais bon. Il y a aussi que… Comment dire ? Je veux pas te vexer mais… t'es pas un peu vieux pour moi ?

— Vieux ? Moi ? Attends, j'ai vingt-huit ans.

— Ben c'est un peu vieux, quand même.

— OK… Tu me traites de pédophile, là, en gros.

— Mais non… C'est pas toi le problème. C'est juste moi. C'est con, je sais. Mais j'arrive pas à t'envisager comme ça. Je sais pas mais… je te vois plus comme… un grand frère. Ou quelque chose comme ça.

— Un grand frère ?

— On peut quand même rester bons voisins, non ?

— Bien sûr… Bien sûr qu'on peut rester bons voisins, comme tu dis.

Et puis je ne sais pas pourquoi mais j'ai éclaté de rire. C'était sûrement l'herbe. Ou le ridicule de la situation. Les idées que je m'étais faites. Et l'image de moi que ça m'a renvoyé tout à coup.

gabriel

Je suis allée chercher Chloé au club de tennis. Je l'ai regardée jouer un moment puis je l'ai accompagnée jusque chez elle. C'était tellement étrange. On se tenait par la main. On s'arrêtait tous les vingt mètres pour s'embrasser. Il y a eu un moment, dans une rue déserte, où c'est devenu vraiment chaud. Les mains se baladaient un peu trop pendant que nos langues se mêlaient. La douceur de sa bouche et de sa peau, c'était à se flinguer. Et elle me regardait avec quelque chose d'assoiffé dans les yeux, une telle tendresse, c'était irréel. Personne ne m'avait jamais regardé comme ça. J'en revenais pas qu'on en soit là tous les deux. Vraiment je n'avais rien vu venir.

— T'es vraiment aveugle, putain, elle m'a dit à un moment, avant de m'expliquer que ça faisait des années qu'elle me kiffait en silence, qu'elle n'avait que moi dans la tête du matin au soir. Des années qu'elle attendait un signe, qu'elle attendait que je lâche un peu Léa, qu'elle attendait que je la regarde enfin autrement.

À dire vrai, ça ne s'était même pas produit. Elle m'avait embrassé et je m'étais laissé faire. J'avais fermé les yeux et quand je les avais rouverts tout avait changé. Je ne la voyais plus de la même façon. C'est comme si je ne la reconnaissais pas vraiment. Ou que je la redécouvrais. Son visage et ses gestes. Sa voix. Ses mots. Ses manières. Est-ce que c'était possible ? De tomber raide dingue comme ça d'un coup, de retrouver la vue, de changer son fusil d'épaule en un baiser ? Depuis qu'on s'était embrassés, Léa avait fait ses valises. Elle avait littéralement disparu de mon esprit. Ou si elle y rôdait encore, c'était sous les traits d'une bonne copine pour qui je m'inquiétais. Même s'il n'y avait plus autant lieu de le faire. Son frère s'était réveillé. Quand je l'avais appris c'est pour moi que j'avais commencé à baliser. Allait-il se souvenir de son accident ? Avait-il vu qui l'avait renversé ? Avait-il identifié le chauffeur ? L'avait-il reconnu ? Est-ce que c'était mon père ? Mais pour le moment, tout s'était effacé de sa mémoire. La dernière chose dont il se souvenait, c'était d'avoir dit au revoir à son pote Hugo à la fin de leur entraînement de tennis et d'avoir enfourché son vélo avant de prendre la direction de la forêt. Je n'ai pas réussi à déterminer si tout ça me soulageait ou non.

Une fois chez Chloé, on est montés dans sa chambre. Ses parents n'étaient pas là. Son frère, si. Il a passé son temps à traîner près de la porte. Chloé avait fermé à clé et il n'arrêtait pas de lui demander d'ouvrir. Il disait qu'elle n'avait pas le droit. Que les parents interdisaient qu'elle s'enferme quand ils n'étaient pas là et qu'ils étaient juste tous les deux parce qu'elle était censée s'occuper de lui. Elle lui gueulait de la laisser tranquille et lui, il demandait en boucle : « Vous faites quoi ? » Avec

Chloé on se regardait et on pouffait de rire entre deux baisers. On était sous la couette. Des tas de vêtements avaient volé aux quatre coins de la chambre. On avait gardé que le strict minimum. Ses seins et son ventre étaient d'une douceur démente. Et je ne pouvais pas m'arrêter de caresser son cul et son dos, de passer ma main dans ses cheveux, mes doigts sur son visage, son cou, ses épaules. Je bandais comme un âne et elle souriait d'un air coquin quand elle sentait ma bite pulser contre son ventre. Au bout d'un moment on a entendu une porte claquer au rez-de-chaussée.

— Ça doit être ma mère, elle a soufflé et on s'est rhabillés en vitesse.

Elle avait les joues rouges, les yeux brillants et ça devait être pareil de mon côté. On s'est recoiffés devant son miroir en forme de soleil et Chloé a déverrouillé sa porte sans faire de bruit. De l'autre côté, son frère est revenu à la charge.

— Chloé, ouvre-moi. Sinon je le dis à maman. Qu'est-ce que vous faites ?

— Ben entre, ducon. C'est ouvert.

Il a actionné la poignée et à sa grande surprise la porte s'est entrebâillée.

— Pourquoi vous aviez fermé ? il a demandé avec un air qui disait bien qu'il jouait au con.

— Ça a toujours été ouvert, banane, lui a lancé Chloé.

Puis nous sommes descendus au salon pour saluer sa mère. Elle rentrait du boulot et s'accordait un repos bien mérité. Elle s'était fait un thé et nous en a proposé une tasse. Elle n'a même pas demandé ce que je faisais là. Elle s'est juste inquiétée de la journée de cours de Chloé.

Est-ce que ça s'était bien passé ? Et Chloé a haussé les épaules.

— Bof. C'était chiant. Comme d'hab. On sort faire un tour. À plus.

En sortant de la maison on est tombés sur le père de Léa. Il rentrait du boulot et s'apprêtait à filer à l'hôpital. J'ai senti Chloé se raidir. Je crois qu'elle flippait que je balance tout. Mes soupçons. La bagnole de mon père. Ses mensonges. Après nous avoir donné les dernières nouvelles concernant Antoine, dont l'état s'améliorait d'heure en heure (il avait même réclamé son ordi pour mater des séries en dehors des heures de visite parce qu'il s'emmerdait ferme), il nous a annoncé que les flics avaient commencé à faire le tour des propriétaires de Clio grise années 2012-2016 de la ville. Après quoi ils étendraient leurs recherches au département tout entier, puis à la région. Le père de Léa semblait avoir peu d'espoir quant au succès de l'opération et de toute façon il s'en foutait maintenant, Antoine semblait tiré d'affaire et c'était tout ce qui comptait.

— Le type qui a fait ça, au fond, je voudrais pas être à sa place. Il va peut-être échapper à la taule mais dans sa tête ça doit être Pearl Harbor. Il doit pas dormir tranquille. La mauvaise conscience, y a rien de pire. Ça peut vous poursuivre toute une vie…

Après qu'on l'a laissé monter à bord de sa voiture, Chloé m'a serré le bras et a posé sa tête sur mon épaule.

— Tu vois. Je te l'avais dit. Je les connais, les parents de Léa.

Je lui ai répondu par un sourire mais intérieurement j'étais toujours aussi mal. Mes sentiments étaient brouillés. J'ai pensé aux flics qui allaient finir par se pointer. Qu'allait-il advenir ? Comment mon père, s'il était le coupable, s'en sortirait-il ? Il aurait sûrement ce qu'il méritait, mais nous, moi et ma mère ? Comment survivrions-nous à un truc pareil ? Je me suis rendu compte que je commençais seulement à prendre conscience de la situation. Qu'avant ça, ma colère m'avait aveuglé. Je me suis demandé ce que ça pouvait bien vouloir dire de moi.

On s'est promenés en forêt pendant une heure. La nuit tombait. Je crois qu'il n'y a pas un arbre contre lequel on ne s'est pas adossés pour s'embrasser et se caresser sous les vêtements. Les écureuils et les piafs ont dû bien se rincer l'œil. On était tellement affamés. Comme si on essayait de rattraper toutes ces années à se rater sans le savoir. Enfin, moi, je ne savais pas. Quel con quand j'y pense. On s'est dit au revoir à l'arrêt de bus. Même si c'était sûr : on allait passer la soirée à s'envoyer des messages. On avait prévu de regarder en même temps la même série, *Unorthodox*. Un type avait écrit un jour que l'amour c'était regarder dans la même direction. Pour ce soir, ce serait nos ordinateurs. Enfin, c'était ce que je croyais. Plus le bus s'approchait de la maison et plus j'ai senti l'anxiété m'envahir. Mon père devait être rentré de son déplacement. J'étais terrorisé à l'idée de son retour. Terrifié à l'idée de le croiser. De le regarder en face. À cause de ce qu'il avait peut-être fait. À cause de ce que j'avais failli faire. Et enfin à cause de tout le reste, la vie ordinaire, la relation de merde que nous avions depuis quelques années, la façon dont ça avait empiré ces derniers mois, l'ambiance que sa mauvaise humeur et sa colère permanente créaient dans la maison, maman qui se faisait toute petite, moi qui me terrais dans ma chambre, le silence tout le temps, et un parfum d'hostilité et de rage qui contaminait chaque pièce, chaque moment. Mais la réalité a été bien pire que tout ce que j'avais pu imaginer. Je suis descendu du bus, j'ai longé l'avenue et viré dans la rue où se nichait notre maison. Et j'ai tout de suite vu la voiture de flics garée devant chez moi.

Merde. On y était. C'était maintenant. Déjà.

Chloé

D'abord je n'ai pas compris. Gabriel ne répondait à aucun de mes messages. Je me suis dit putain, ça y est, on y est déjà, c'est déjà fini. Je me suis fait des films pas possibles. J'avais dit quelque chose qui ne lui avait pas plu. Il trouvait que j'embrassais comme une serpillière. Il s'était rendu compte qu'il n'était pas attiré par moi physiquement. Un truc dans mon corps, mon visage, mon haleine, ma façon de parler lui déplaisait. Il avait l'impression de trahir Léa même si elle n'en a jamais rien eu à foutre de lui. Il était toujours amoureux d'elle et n'arrivait pas à régler ça. Sur ce dernier point je m'étais préparée. J'étais prête à accepter que pendant quelques semaines, quelques mois, elle plane entre nous. Je savais très bien qu'on ne s'enlevait pas quelqu'un de la tête comme ça. Je savais très bien qu'il lui faudrait du temps pour se détacher d'elle. Du temps pour se tourner vers moi tout à fait. Je savais que ce n'était pas gagné. On ne tombe pas amoureux sur commande. Les baisers et les caresses ne suffisent pas. Et c'est tant mieux. Sinon rien de tout ça n'aurait le moindre sens. L'amour lui-même n'aurait pas de sens. Il serait sans mystère, sans profondeur, sans transcendance. Moi j'y croyais à l'amour. Et tant pis si notre histoire était bancale. Tant pis si elle avait pris des détours étranges. Tant pis si elle ne s'écrivait pas sous le signe de la foudre. Tant pis si de son côté les sentiments ne venaient qu'à petit feu.

Mais j'avais tout faux. Ça n'avait rien à voir avec moi. Rien à voir avec nous. Quand Gabriel était rentré chez lui, les flics étaient là. Il y en avait deux dans le garage. Ils inspectaient la voiture de son père. La prenaient en photo. Il est entré dans la maison et a trouvé ses parents dans la cuisine, aux prises avec deux autres policiers. Ils ne venaient pas chez eux par hasard. Ils avaient fait le tour des ateliers de réparation du coin et savaient parfaitement que la voiture avait fait l'objet de travaux de carrosserie le lendemain de l'accident. Gabriel a bien senti que sa mère tombait des nues. Le coup de l'embrayage, elle y avait cru elle aussi. Elle regardait son mari d'un air interrogatif, complètement perdue, les larmes aux yeux. Après coup, elle a expliqué à Gabriel qu'elle avait vu le monde s'effondrer autour d'elle. Tout était allé très vite dans sa tête. Son mari avait renversé Antoine, l'avait abandonné sur le bord de la route, inconscient, puis il était rentré à la maison comme si de rien n'était. Le lendemain il avait fait réparer la bagnole et lui avait menti en lui parlant d'un problème mécanique. Pendant quelques minutes, elle avait senti la haine et la rage l'envahir. Et la peur panique. Qu'est-ce qui allait se passer maintenant? On allait arrêter son mari. On allait le juger. Pour homicide involontaire. Mais ce n'était pas le plus grave en un sens.

Le plus grave, c'était le délit de fuite. La non-assistance à personne en danger. Il allait finir en taule. Elle pensait à tout ça et ses jambes ne la portaient plus. Le sang s'était arrêté de circuler dans ses veines. Elle n'arrivait même plus à se concentrer sur ce qui se disait entre le père de Gabriel et les flics. Mais elle aussi, elle était loin du compte. Son mari n'a pas cherché à esquiver. Il est monté dans la chambre et en est revenu avec la fameuse facture de l'atelier de réparation. Les policiers lui ont demandé de leur décrire les travaux effectués, les zones de la carrosserie et du pare-chocs qui avaient été abîmées. Puis ils lui ont demandé comment c'était arrivé. Et où. Et quand.

— Le même jour que l'accident d'Antoine. Mais plus tôt dans la soirée.

— Où ça ?

— Sur le parking de l'hôpital. J'ai retrouvé ma voiture comme ça. Quelqu'un m'a embouti et s'est tiré sans demander son reste.

— Décidément, c'était la journée des lâches, dites-moi.

La mère de Gabriel a regardé son mari, effarée. Gabriel lui-même n'en est pas revenu. C'était quoi ce délire ? Un mensonge ? Un alibi bidon ? Son père reculait-il pour mieux sauter ? À quoi ça servait ?

— Vous avez des preuves de ça ? Des témoins ? Des résultats d'examens, une ordonnance qui attestent que vous étiez bien à l'hôpital pour une consultation ce jour-là ?

— C'était pas pour une consultation. Enfin… Pas pour moi… J'accompagnais quelqu'un.

— Vous pouvez me donner son nom, son adresse et son numéro de téléphone ?

Le père de Gabriel n'en menait pas large à ce moment précis. Gabriel voyait bien qu'il était tendu, emprunté. Mais il a donné un nom : Cécile Beyer. Gabriel n'avait jamais entendu parler de cette femme. Sa mère non plus. C'était qui, celle-là ? Et qu'est-ce qu'il foutait avec elle dans un hôpital ?

— Vous pouvez aussi me donner le nom du médecin que Mme Beyer a consulté ?

— Oui bien sûr. Le docteur Astier.

— Il exerce dans quel service ?

— Obstétrique.

— OK. On va vérifier tout ça.

Le flic qui l'interrogeait a rangé son calepin. Gabriel n'en est pas revenu. Un calepin. Les types notaient tout sur des putains de calepins. Avec des stylos. Personne n'avait l'air de disposer d'une tablette, d'un ordi ou de quoi que ce soit de ce genre. Bienvenue dans la police française. Bienvenue au XXIe siècle. Gabriel scrutait ses parents. Allait de l'un à l'autre. Son père baissait les yeux et évitait le regard de sa mère, qui semblait désemparée. Abasourdie. À voix basse elle a demandé à son mari :

— C'est qui ? Et qu'est-ce que tu foutais avec elle chez un obstétricien ?

— Je t'expliquerai, il a grincé avant de se tourner vers les policiers qui rangeaient leurs affaires et étaient sur le point de quitter la maison.

Il les a raccompagnés jusqu'à la porte. Juste avant de partir, un des flics a posé une ultime question.

— Dernière chose. Quels liens entretenez-vous avec votre témoin ? Mme Beyer.

Le père a répondu à voix si basse que Gabriel, de là où il l'était, n'a rien pu saisir. La porte a claqué. Par la fenêtre, on voyait les policiers qui venaient de mener l'interrogatoire discuter avec ceux qui avaient examiné la voiture au garage.

Après ça, tout est parti en vrille. Son père a ordonné à Gabriel de monter dans sa chambre mais il a refusé. Il est resté dans le salon auprès de sa mère qui attendait des explications. Il voulait savoir lui aussi. Il avait le droit. C'est ce qu'il a gueulé à son vieux, qui a sa grande surprise ne l'a pas envoyé bouler, ne lui a pas hurlé dessus en retour, ne lui a pas foutu de baffes comme ça lui arrivait parfois quand ça dégénérait, qu'il perdait ses nerfs, que Gabriel allait trop loin selon lui. Et trop loin dans son esprit on y arrivait vite. Non. Il a pris acte. Il a répondu : tu as raison. Tu as le droit d'entendre ça. Ça te concerne aussi. Et il a tout déballé. Cécile Beyer était une collègue. Et ils avaient eu une liaison. La mère a blêmi mais elle n'a pas réagi. Comme sous le choc. Son père a poursuivi : ça avait duré plusieurs mois. Au début, il avait été déchiré. Il avait même songé à partir. À quitter sa femme pour elle. Il fallait regarder les choses en face. Entre eux ça ne marchait plus trop dernièrement. Ils s'étaient éloignés. Le temps les avait usés. Et puis Gabriel était grand maintenant. Ils n'allaient pas maintenir l'illusion d'un couple uni juste pour lui. On fait ça quand on a des enfants en bas âge. Mais quand votre fils a dix-huit ans, ça ne rime plus à rien. Pourtant il n'avait pas sauté le pas. Et avait mené sa double vie lâchement, comme tant d'autres hommes, comme tant d'autres femmes. Il n'en était pas fier. Mais maintenant la question se posait différemment. Cécile était enceinte. Elle voulait garder l'enfant. Elle avait bientôt l'âge où ce ne serait plus possible, biologiquement parlant. Ou en tout cas dangereux. C'était sa dernière chance, il fallait la comprendre. La mère de Gabriel a encaissé comme elle pouvait. Elle est restée sans réaction. Seules ses mâchoires et ses poings se contractaient. Des larmes embuaient ses yeux fatigués. Elle semblait surtout abattue. Le père a continué à s'expliquer. Il avait des circonstances atténuantes. Cet enfant, Cécile le lui avait fait dans le dos. Mais elle souhaitait le garder et il ne pouvait rien faire pour l'en empêcher. Et puis il ne le voulait pas. Au fond, si on regardait les choses sous un autre angle, c'était joyeux cette naissance à venir. Un nouvel être qui vient au monde c'est toujours de la joie. La famille s'agrandissait en un sens.

— Et qu'est-ce que tu comptes faire ? l'avait alors interrompu Gabriel. Avec nous ? Avec maman ?

— Écoute, je sais pas. C'est compliqué. Ça dépend pas que de moi. Mais je vous aime. Je tiens à vous. On forme une famille et c'est pas rien. Ça s'efface pas comme ça.

— Pars, a soudain crié sa mère. Pars. Tout de suite. Je veux que tu partes. Je veux plus jamais te voir.

Le père a paru soufflé. Sous le choc. Comme si vraiment il ne s'était pas attendu à ça. Mais qu'est-ce qu'il croyait ? Qu'il pouvait annoncer à sa femme qu'il la trompait depuis des mois et des mois avec une collègue, qu'il avait même hésité à s'installer avec elle, à quitter sa femme et son fils, que sa maîtresse était maintenant enceinte, et obtenir de son épouse qu'elle l'absolve. Il a tenté de se rebeller. Il était chez lui, nom de Dieu. Il était chez lui.

Il avait payé cette maison à la sueur de son travail. Il n'avait aucune raison de quitter son propre domicile. Il ne méritait pas qu'on le foute comme ça à la porte.

— Papa. Franchement. T'as déconné grave, l'a repris Gabriel. Tu trompes maman. Tu lui fais un enfant dans le dos. Si t'as accompagné ta pouffe à l'hosto, j'imagine que ça veut dire que tu vas reconnaître le gosse, que tu comptes t'impliquer dans sa vie alors franchement, qu'est-ce que tu fous encore là ? Va vivre avec elle, putain et laisse-nous.

— C'est pas si simple.

— Si. Pourquoi ce serait pas si simple ? Elle veut pas de toi chez elle, cette pétasse ?

— Je… Je veux pas vivre avec elle. C'est fini entre nous.

— Quoi ?

— C'était une erreur. J'aime ta mère. Je vous aime. C'était une erreur et je me suis fait piéger. À un moment j'ai cru aimer cette femme. J'ai songé brièvement à vivre avec elle c'est vrai. Je dois être honnête avec vous. Je vous le dois. Mais c'était une erreur. Je ne sais pas ce qui m'a pris. C'était une passade. J'allais rompre quand elle m'a annoncé qu'elle attendait cet enfant et qu'il était de moi. Je sais ce qu'elle croyait. Qu'en attendant un enfant de moi elle finirait par m'arracher à vous. Ça faisait des mois qu'elle me serinait pour que je quitte ta mère. Elle menaçait de l'appeler, de tout déballer, de venir ici faire un scandale. Et puis elle a fait pire. Alors je lui ai dit que j'assumerai mes responsabilités auprès de l'enfant mais qu'entre nous c'était fini. Voilà. C'est ça l'histoire. Et je m'en veux. Je m'en veux d'avoir fait ça à ta mère. Je m'en veux de t'avoir traité comme ça, Gabriel. D'avoir été si dur. J'étais sur les nerfs. J'étais perdu. J'ai vrillé. Ça fait des mois que je vrille.

— Elle en est à combien ? a demandé la mère.

— Quatre mois.

— Ça fait quatre mois que tu le sais. Quatre mois que tu te fous de notre gueule ?

— Non. Elle a attendu que le délai légal pour l'avortement soit passé. Elle avait peur que je lui demande de pas le garder. Que je la force. Ça fait moins d'un mois que je le sais.

Là-dessus il s'est approché de sa femme. S'est assis à côté d'elle sur le canapé. D'une main il a voulu toucher ses cheveux mais elle l'a écarté brutalement et d'une voix très calme, très posée, lui a ordonné de quitter la maison maintenant. « Immédiatement », elle a articulé, les dents serrées à s'en faire péter la mâchoire.

— Et maintenant il est où ? j'ai demandé à Gabriel après qu'il m'a raconté tout ça au téléphone.

— J'en sais rien. Chez sa maîtresse, je suppose. Ou dans sa bagnole. Ou dans un hôtel. J'en sais rien et je m'en fous.

— Et ta mère ?

— Elle dort. Elle s'est bourrée de Xanax et elle dort.

— Putain… Quelle histoire… Toi qui croyais que ton père était un gros enfoiré, tu t'attendais pas à ça, hein ?

— Ouais. Je le voyais déjà en taule et au final je vais avoir un petit frère.

— Un petit frère ? Pourquoi ? T'es sûr que c'est un garçon ?

— Non. J'en sais rien. C'est peut-être une fille mais je sais pas, un petit frère ça me dirait bien. Même un demi. Je pourrais lui refourguer mes jouets. Lui apprendre à jouer au baby-foot, au ping-pong, à Super Mario Kart, à FIFA.

— Holà… Tu vois loin, toi. Tu sais, avant trois quatre ans, ces trucs-là, c'est pas beaucoup plus évolué qu'un chat…

— Tu penses pas ce que tu dis, là ?

— Hum… Un peu. Les enfants, au début c'est chiant. Et quand ça devient grand, je te dis pas. T'as qu'à nous voir. Franchement, t'aimerais être nos parents ? Ça doit être l'horreur d'élever des gosses à l'adolescence. Ils font n'importe quoi, t'envoient chier pour un rien, écoutent rien de ce que tu leur dis, croient tout savoir alors qu'ils ont pas plus d'expérience de la vie qu'un bulot.

— Ouais c'est clair. C'est con comme une huître, un bulot.

Après ça on est restés deux bonnes heures au téléphone à blaguer, à se dire des trucs romantiques tellement ridicules que je fais le serment de ne jamais les répéter à qui que ce soit. Et si un jour Gabriel me quitte, ou plutôt quand il me quittera, je jure que je le buterai pour qu'il les emporte avec lui dans la tombe et que personne, jamais, n'en sache rien.

antoine

J'ai mal partout. Et le temps est si long. Je n'ose le dire à personne, mais j'étais si bien là-bas, dans mon brouillard, errant dans les champs de neige, sans passé, sans futur, sans notion du temps. J'étais tellement bien à dériver sans fin. Le cerveau lessivé, le cœur délassé. Pas de pensées bourdonnant sous mon crâne. Pas de douleur. Pas de conscience du temps. Je ne sentais plus mon corps. Je ne sentais plus rien. Rien sinon une indescriptible impression de tranquillité. Un état de bien être qui promettait d'être éternel. Je me demande si c'est comme ça la mort. Je suppose que non. Je suppose qu'il ne vaut mieux pas savoir. Sinon tout le monde y aspirerait.

La nuit, je ne dors pas. Ou mal. Il y a tout le temps du bruit dans les couloirs. Des infirmières ou des aides-soignants viennent contrôler mes constantes toutes les deux ou trois heures. Puis le jour se lève et les soins se succèdent. Après je me retrouve seul dans la chambre, épuisé, inapte à me concentrer sur quoi que ce soit.

Mes parents m'ont apporté mon ordi, mon téléphone, des écouteurs, des bouquins, mais mon esprit ne parvient à s'attacher à rien. Tout est brouillé. Quelque chose me perturbe. Comme une pensée inaccessible. Des souvenirs enfouis. C'est comme des insectes dans la nuit, dont j'entends le bruit sans pouvoir les voir ni les localiser. J'ai beau me concentrer, rien ne me revient. Rien de ce qui a suivi le tennis avec Hugo, notre au revoir et le vélo que j'enfourche. Je sens pourtant que j'ai besoin que cette partie de ma mémoire me soit restituée. Mais pas pour savoir ce qui s'est passé, non. Ça, je le sais. On me l'a assez expliqué. Et à part l'identité du chauffard il n'y a rien d'obscur là-dedans. Pas grand-chose à retirer des faits eux-mêmes. Le peu qu'il y a à éclaircir, la police s'en charge. Et au fond ça ne m'intéresse pas. Ils m'ont posé des questions étranges. Est-ce que quelqu'un était susceptible de m'en vouloir? De projeter d'attenter à mes jours? Eux-mêmes n'avaient pas l'air d'y croire. J'imagine qu'ils étaient obligés de poser ce genre de questions. Ça faisait partie de la procédure : à ce stade, ils ne pouvaient pas tout à fait écarter l'hypothèse de l'homicide volontaire. Bien sûr, ça ne rimait à rien. Bien sûr je n'arrivais même pas à envisager ne serait-ce qu'une seconde cette éventualité. Qui aurait pu m'en vouloir au point de me renverser? Évidemment il doit y avoir des gens qui ne m'aiment pas au collège. En tout cas moi il y en a que je déteste, même si je ne le montre pas. Même si je souris à tout le monde. Des mecs surtout. Des espèces de brutes en puissance, des petits machos dépourvus de cerveau, de sentiments. Mais je me contente de les mépriser en silence. Et au pire ils se contentent de trouver bizarre que je traîne tout le temps avec Hugo. Ils croient que leurs regards en biais, leurs messes basses, leurs petites insinuations m'échappent. Que je ne les vois pas ricaner en nous surnommant « les deux grandes copines ». Mais ils ont la discrétion d'un éléphant dans un baldaquin de porcelaine, dirait Chloé. Et l'esprit plus étriqué encore. Et puis de toute façon ils n'ont pas le permis. Et encore moins de voiture. Alors ces questions des flics, j'y réponds tranquillement mais je sais que ce n'est pas ça qui se loge dans ma mémoire trouée. Ce n'est pas ça que renferme la pièce égarée du puzzle. Cette pièce qui me manque parce que je sens qu'elle cache quelque chose. Quelque chose qui me concerne. Quelque chose d'important. Qui me serre la gorge sans que je sache pourquoi.

Je regarde l'heure. Bientôt celle des visites. Heureusement. Il n'y a que ça qui me fasse oublier les douleurs qui me transpercent, et la frustration qui me gagne quand j'essaie de forcer le coffre-fort de mes derniers souvenirs avant l'accident. Je bute toujours sur la même chose. Le visage d'Hugo. Son regard avant que je parte à vélo et que je prenne la direction de la forêt. Il y a quelque chose dans ses yeux, je ne sais pas si c'est moi qui déforme, mes souvenirs qui manquent de fiabilité, mais il y a quelque chose dans ses yeux, sa façon de les poser sur moi qu'il ne me semble avoir jamais vu si clairement avant ça. Ou peut-être que cela a toujours été là, et que je n'en ai jamais eu conscience. Que j'ai été aveugle tout ce temps. Et puis il y a autre chose au sujet d'Hugo. Quand je repense à ces jours où j'errais dans mon paradis blanc, le seul truc qui me revienne nettement de l'extérieur, c'est la sensation de sa présence. Dès que je me suis réveillé, je ne sais pas comment c'est possible, mais j'ai su qu'il était venu me voir à plusieurs reprises. J'ai su qu'il m'avait parlé. Quand je lui ai demandé de me le confirmer il a paru un peu gêné mais il m'a répondu qu'il était venu tous les jours, et que oui, même s'il ne savait pas à quoi ça pouvait bien servir, il m'avait parlé. Il s'était trouvé bien con, d'ailleurs, à bavasser tout seul près de mon corps inanimé.

— Et qu'est-ce que tu me racontais ? je lui ai demandé.

— Oh rien de spécial. Des anecdotes du collège. Les résultats du tennis. Et puis je te lisais des trucs. Je te faisais écouter des morceaux. Mais tout le monde faisait ça, hein. Les docteurs disaient qu'il le fallait. Tous ceux qui sont venus t'ont parlé comme ça tu sais. Tes parents bien sûr. Ta sœur. Chloé.

— Chloé est venue me voir ?

— Ouais. Elle est venue rien que pour toi. T'as peut-être tes chances, a-t-il conclu en me faisant un petit clin d'œil.

Sur le coup je n'ai pas compris. Et puis je me suis rappelé que c'était un de leurs délires avec Léa. Ils étaient persuadés que j'étais secrètement amoureux de la meilleure amie de ma sœur. Que je fantasmais sur elle. Puis il s'est tu et je ne sais pas, j'ai senti que quelque chose le perturbait. Comme s'il me cachait un truc. Un secret un peu honteux. On a changé de sujet. Je lui ai demandé de me raconter ce qui s'était passé au collège pendant mon absence. Mais pendant qu'il parlait je continuais à me creuser la cervelle. C'était tellement bizarre. C'est de la sensation de sa présence à lui, que je me souvenais le plus précisément. De toutes les fois où je l'avais croisé dans mes visions. Dans la forêt. Sur la plage. Au milieu des champs de neige. Dans la grande lumière. Je me souvenais aussi d'un grand type aux longs cheveux noirs, vêtu dans des tons sombres, qui me regardait. De mes parents. De Léa. De ma grand-mère qui me faisait signe de repartir. Et d'une voix qui me parvenait de l'extérieur, et me demandait pardon. C'est tout ce dont je me souvenais vraiment. Ça, une sensation de chaleur sur mon front et une main qui tenait la mienne. Le reste, c'était mon paradis blanc. Et par moments j'ai peur. Peur d'être tenté d'y retourner.

Je consulte à nouveau ma montre. Les aiguilles tournent au ralenti. Je voudrais tellement que le temps s'accélère. Que la porte s'ouvre et qu'un visage apparaisse. Celui de Léa. Mes parents. Hugo. Je voudrais que tout ça se termine. Que les médecins m'autorisent à rentrer chez moi. À reprendre ma vie où je l'ai laissée même si je sais déjà qu'elle ne sera plus jamais la même. J'ai échappé de peu à la mort et ça m'a changé je le sens. Je ne sais pas encore en quoi. Mais quelque chose a changé.

J'entends frapper à la porte.

— Entrez

C'est Hugo. Il me sourit. Me demande comment ça va et s'installe dans le fauteuil près du lit.

— Ta mère me dit de te dire qu'elle viendra vers seize heures aujourd'hui. Son patron a besoin d'elle pour un truc en début d'après-midi. Elle ne peut pas se libérer avant. Alors ? Comment tu te sens aujourd'hui ?

hugo

Je me fais peut-être un film mais quelque chose en lui a changé. Je ne sais pas à quoi ça tient. Un truc dans son regard. Son attitude. Évidemment il est dans un lit d'hôpital. Évidemment il revient d'un endroit qui nous échappera toujours. Qui lui échappe à lui-même. Il a du mal à expliquer ce que c'était, ce qu'il a vécu. Évidemment il a frôlé la mort et j'imagine que ça remet pas mal de choses en perspective, qu'on ne voit plus rien de la même façon après ça. Il y a cette gravité nouvelle dans ses yeux. Comme s'il s'était dépouillé de quelque chose. D'une écorce. D'une apparence factice. D'un costume destiné aux autres. Mais peut-être que ça ne va pas durer. Peut-être que c'est le lieu et les circonstances qui veulent ça. Peut-être qu'il ne fait ça qu'avec moi. Qu'avec moi, il dépose les armes. Qu'il sait qu'il n'a pas besoin de jouer.

— Les flics sont venus voir les parents de Gabriel, je lui dis.

— Gabriel ?

— Oui. Gabriel, le pote de ta sœur. À cause de leur bagnole. Une Clio grise. Le père l'a fait réparer le lendemain de ton accident.

— Et?

— Apparemment ça n'a rien à voir. Mais ça a foutu un sacré bordel chez eux. J'ai pas tout compris mais en gros le père était avec une femme avec qui il aurait pas dû être quand il s'est fait emboutir. Du coup la mère de Gabriel lui a demandé de partir. Elle l'a foutu à la porte.

— La vache. Mais comment tu sais tout ça?

— J'ai croisé Gabriel à l'arrêt de bus. Et tu sais quoi? Il était avec Chloé.

— Ben c'est normal. Ils sont potes depuis toujours.

— Non mais je veux dire : je me suis mal exprimé. Ils sont ensemble, maintenant.

— Non?

— Si.

— Ben merde. J'ai toujours cru qu'il était raide dingue de ma sœur. Mais elle, elle en avait rien à carrer. Le pauvre, je me disais toujours. Il me fait pitié.

J'ai encaissé sans broncher. Mais j'ai senti ma gorge se serrer. Je me suis vu comme les autres devaient me voir tout à coup. Toujours dans les pattes d'Antoine, à le dévorer des yeux, alors qu'il n'en avait rien à foutre. Alors que lui ne me voyait pas sous cet angle et ne m'y verrait jamais. Est-ce que je faisais pitié moi aussi? Il allait peut-être falloir que j'accepte de passer à autre chose, un de ces jours.

Après ça, on s'est mis une série sur son ordinateur. Je m'étais installé près de lui sur le lit. À plusieurs reprises ma main a frôlé la sienne par accident. Puis une infirmière est entrée et elle a souri bizarrement en nous voyant comme ça côte à côte sur le matelas. J'ai regagné le fauteuil pendant qu'elle lui prenait la tension, vérifiait sa température, consultait l'électrocardiogramme et lui demandait comme il se sentait depuis tout à l'heure.

— Impec, il a répondu. Enfin j'ai toujours mal un peu partout mais ça va.

Quand elle est repartie, je n'ai pas osé reprendre ma place sur le lit et j'ai fini l'épisode dans le fauteuil.

Sa mère est arrivée quelques minutes plus tard. Elle était radieuse. Elle venait de s'entretenir avec les médecins et elle avait une bonne nouvelle : Antoine allait pouvoir rentrer à la fin de la semaine. Mais il n'en aurait pas fini pour autant avec l'hôpital. Il y aurait des rendez-vous de suivi avec le neurologue, la psy, l'orthopédiste. Puis viendrait le temps du déplâtrage, et de la rééducation.

— Bref, on est pas près de se remettre au tennis, il a plaisanté en me lançant un regard désolé. Au fait, tu t'entraînes avec qui en attendant ?

— Avec personne.

— Quoi ? T'as pas joué depuis l'accident ?

— Ben non.

— Et tu comptes t'y remettre quand ?

— Quand tu seras de retour sur les cours.

— T'es dingue. Tu vas tout perdre.

— Ben comme ça on sera à égalité.

— À égalité ? Tu rigoles ? Compte sur moi pour te filer de bonnes raclées comme avant. Tu ferais mieux d'en profiter et de prendre un peu d'avance. Ou plutôt de combler ton retard. Tu devrais demander à Chloé de s'entraîner avec toi. Enfin… Si t'as pas trop peur de te faire humilier…

C'était la première fois que je le voyais fanfaronner comme ça depuis qu'il était sorti des limbes. Comme si au moment même où sa mère était entrée dans la pièce, il avait renfilé son costume et jouait à nouveau le rôle qu'il tenait depuis toujours. Celui du beau gosse bien dans sa peau. Un peu frimeur. Qui fait mine de toujours évoluer en surface. Ne garde sa profondeur que pour lui. Et m'en offre un aperçu par mégarde certains jours.

Je suis rentré chez moi vers dix-huit heures. Maman était déjà là, son sac et ses chaussures étaient dans l'entrée, son vélo dans le jardin mais je ne l'ai trouvée nulle part dans la maison. Ni dans sa chambre. Ni dans le salon, ni dans la salle de bains. J'ai crié son nom. Je me suis servi un verre de Coca dans la cuisine et l'ai vue surgir par la porte qui sépare la cuisine du garage. Elle a poussé un drôle de cri.

— Hugo. Merde… Tu m'as fait peur.

Elle a repris son souffle et s'est précipitée vers l'évier pour remplir un verre d'eau, qu'elle a englouti d'une traite. Je me suis demandé ce qui lui prenait. Elle avait l'air agitée. Et le regard de quelqu'un qui cache quelque chose.

— Ça va, maman ?

— Oui, oui… C'est juste : je m'attendais pas à te trouver là.

— À me trouver à la maison ? C'est pourtant pas très surprenant. J'habite ici, je te signale. Et puis je te l'avais dit, que je rentrais en début de soirée.

— Ça m'était sorti de l'esprit. Mais… T'étais où ?

— À l'hôpital.

— Ah oui bien sûr. Antoine va bien ?

— Oui. Il sera chez lui ce week-end. Mais tu dois le savoir.

— Non, je savais pas… J'ai pas eu le temps de passer le voir aujourd'hui. Et puis : maintenant qu'il est réveillé… Tout va bien, non ?

— Tu l'as quand même vu, depuis son réveil ?

Ma mère s'est servi un deuxième verre d'eau et a fait mine de fouiller dans les placards.

— Tu cherches quoi ?

— Ben… Je regarde ce qui reste pour le repas de ce soir.

— Il est tôt pour se mettre aux fourneaux, non ?

— Ah bon ? Quelle heure il est ?

Elle avait vraiment l'air complètement à l'ouest. Régulièrement elle jetait un œil à la fenêtre comme si elle attendait quelqu'un.

— Et… T'as vu ses parents ? elle a fini par me demander.

— Oui, j'ai croisé sa mère.

— Elle… Elle t'a parlé de l'enquête ? Ils en sont où ?

— Ben… Ils continuent à chercher la voiture. Je sais qu'ils se sont pointés chez Gabriel. C'est un pote de Léa. Son père a une bagnole qui correspond. Et il a fait réparer la carrosserie le lendemain de l'accident. Du coup, c'était un peu le suspect numéro un si j'ai bien compris.

— Et ? Ça a donné quoi ?

— Un divorce, apparemment.

— Quoi ?

— Ben, il avait un alibi. Mais c'était une femme avec qui il aurait pas dû être… Et qui aurait surtout pas dû être enceinte de lui. Du coup sa femme l'a foutu dehors.

Elle est restée un moment pensive. Ses mains tremblaient un peu.

— T'es sûre que ça va, maman ?

— Oui, oui… Faut juste que… Que je me repose un peu.

Sur ce, elle a quitté la cuisine pour gagner le salon. Je l'ai regardée s'allonger sur le canapé. Allumer la télévision. Zapper un peu avant de s'arrêter sur *N'oubliez pas les paroles.* D'habitude elle chantait avec les candidats. Mais ce soir, il fallait croire qu'elle n'en avait pas la force.

Lise

Hier, le médecin m'a appelée. Il m'a demandé : quand comptez-vous venir voir votre père ?

— Ce week-end, j'ai répondu. Vous savez bien. Je viens tous les week-ends.

— OK. Très bien. Je voulais juste m'en assurer.

— Pourquoi ?

— Écoutez, Lise. Son état s'est dégradé brutalement. Je crois qu'il faut vous préparer à lui dire adieu.

J'ai raccroché et j'ai mis un peu de temps à réaliser ce que ça signifiait vraiment. Ça fait plusieurs mois que je m'y prépare pourtant. Cet appel, je l'ai imaginé des milliers de fois. Je le redoute depuis le jour même où la maladie a été diagnostiquée. Les médecins ne s'en sont jamais cachés. Les chances de rémission étaient quasi nulles. La seule chose qu'ils espéraient en lui administrant son traitement, c'était retarder l'inéluctable.

Porte Maillot, je la repère tout de suite et elle n'est pas seule. Un type de son âge se tient près d'elle. Elle aperçoit ma voiture, l'embrasse furtivement sur les lèvres puis lui adresse un petit au revoir de la main en s'éloignant.

Il la regarde me rejoindre. On croirait qu'il craint de la perdre pour toujours. Qu'il ne survivra pas à ce week-end sans elle. C'est beau le début de l'amour. Cette tension permanente. Cette vibration.

Elle monte dans la voiture et elle voit bien que je la regarde en souriant bêtement. C'est mon côté fleur bleue. Les gens qui s'aiment, ça m'émeut toujours. Parfois j'ai les larmes aux yeux rien qu'en voyant des couples se prendre la main. Les attentions qu'ils ont les uns pour les autres, les mots et les gestes tendres, tout ça me bouleverse.

— C'était qui ? je lui demande.

— Oh… Un pote.

— Il a l'air de bien t'aimer, dis donc… T'es sûre que c'est juste un pote ?

— Oui. Bon. OK. C'est mon… Enfin bref. On s'est embrassés et… Voilà, quoi. Mais on se connaît à peine, en fait.

— Eh bien bravo. T'embrasses des mecs que tu connais à peine, toi ?

— Ça peut m'arriver. Rarement. Pourquoi ? Toi t'embrasses que les mecs que tu connais depuis des années et qui n'ont plus de secrets pour toi ?

— Moi ? Alors là, ma vieille, si tu savais…

— Si je savais quoi ?

— Je m'arrête là. C'est pas de ton âge.

— Oh attends. Je suis adulte, quand même.

— Mouais.

— Et j'ai déjà entendu parler de Tinder et de ce genre de trucs…

Je lui lance un sourire en biais tandis qu'on contourne la place. Ça me fait rire d'imaginer qu'elle puisse me prendre au sérieux. M'envisager enchaînant les plans culs, les rendez-vous d'un soir. Et puis je me rends compte que pendant nos trajets je n'ai jamais mentionné mon mari. On a parlé de mon père et de son frère, de l'hôpital, des soignants. On a parlé de la vie que j'ai menée étudiante et de celle dans laquelle elle commençait à s'aventurer. On a parlé de nos goûts musicaux et cinématographiques. Des coins de Rouen et de Paris qu'on aime elle et moi. Des lieux où on rêverait aller un jour. On a parlé de tout. De rien. Du PSG, même. Mais pas une fois je n'ai évoqué mon mari. Ou notre vie de couple, comme on dit. Je me demande si ça cache quelque chose. Un truc que je ne vois pas moi-même.

On s'engage enfin sur le périph. Ça a bien bloqué à cause des travaux. En direction de l'ouest, la circulation a l'air fluide.

— Alors, ton frère ? je demande. C'est quoi les nouvelles ?

À l'expression de son visage, je comprends tout de suite qu'elles ne pourraient pas être meilleures. Il s'est réveillé. Tout va bien apparemment. Elle m'explique qu'au début il était complètement dans le brouillard mais que maintenant, à part les minutes qui ont précédé l'accident et l'accident lui-même il recouvre peu à peu ses esprits. Même si d'après sa mère il semble marqué par ce qu'il a traversé. Même si quelque chose semble tout de même le tracasser.

— C'est peut-être de pas savoir à qui il doit d'avoir frôlé la mort. Quel genre d'individu peut l'avoir laissé comme une merde sur le bord de la route.

— Je crois pas, non. Mais à mon avis c'est normal d'être perturbé. Déjà, il a passé des centaines d'heures dans les limbes. Il dit que c'était doux et paisible, et qu'il espère que la mort ressemblera à ça le jour où elle viendra le prendre.

Mon visage a dû s'assombrir quand elle a prononcé ces mots parce qu'elle me demande immédiatement si ça va.

— Moi aussi j'espère que ça ressemblera à ça pour mon père. Mais j'y crois pas des masses je dois dire. À mon avis la mort c'est juste le néant total. On éteint la lumière et c'est tout. On existait. Et l'instant d'après on existe plus. Y a plus rien. D'après les médecins ce n'est plus qu'une question d'heures maintenant. Ils m'ont dit de venir lui faire mes adieux. Mais ça fait des mois que je ne fais que ça de toute façon. Lui faire mes adieux. Et lui, ces dernières semaines, il n'était déjà plus là, tu sais. Il est déjà parti.

Léa pose sa main sur mon bras et me murmure qu'elle est désolée. Tout le monde me dit ça depuis deux jours. Ça me met hors de moi, je ne sais pas pourquoi. Mais elle, ça va. Elle, elle semble sincère. Et je ne lui en veux même pas d'avoir embarqué dans ma voiture avec ses paquets de bonnes nouvelles, son frère réveillé et sans séquelles apparentes, son nouveau mec qui a l'air d'un bon gars, pas prétentieux ni arrogant ni rien, attentif et bienveillant, loin du portrait qu'elle m'a dressé jusque-là de ses camarades à la fac. Un instant, je me laisse aller à être intérieurement sarcastique : bientôt la gentillesse de ce type sera sûrement ce qu'elle lui reprochera, elle ne pourra plus le voir en peinture avec ses bons sentiments, sa modestie, ses inclinations pour l'art, la poésie, la musique, et elle le quittera pour un mec cynique et sexy. Mais je me ravise. Je ne lui souhaite que le meilleur, à cette gamine.

— Et ton beau et ténébreux voisin, alors ?

— Il a essayé de m'embrasser.

— Putain. Mais c'est pas possible. Il te les faut tous... T'es la vraie *cheerleader* que tout le monde s'arrache.

— J'ai une gueule de *cheerleader*?

— Attends... Fais voir ? Ben ouais, en fait. Je t'imagine très bien en jupette.

— Tu peux rêver, tiens.

— Qui te dit que j'en rêve ? Tu me crois lesbienne ?

— Ah non... Attends... Je voulais pas dire ça. Je voulais pas te vexer.

— Et pourquoi je me vexerais. C'est pas une insulte, que je sache. Chacun fait ce qu'il veut de son cul.

— Non. Évidemment. Pardon. Je m'exprime mal.

— Et puis pour être franche... C'est vrai.

— C'est vrai quoi ?

— Ben mon truc, c'est les filles. Et tu serais super canon en jupette. Mais t'inquiète, hein. Je vais pas te sauter dessus. J'ai pas la tête à ça de toute façon.

Je ne sais pas ce qui m'a pris de lui raconter des conneries comme ça. Mais je ne rectifie pas. La prochaine fois, je me dis. En attendant, ça me plaît qu'elle me voie comme ça. Comme une fille puissante, qui aime les filles et enchaîne les conquêtes. Genre Andréa dans *Dix pour cent.* Genre tout l'opposé de ce que je suis en vrai, avec mon boulot sans intérêt, mon petit mari et mes rêveries pavillonnaires. J'allume la radio et le CD de Pomme se met automatiquement en route. Sa voix prend toute la place. On l'écoute rêver d'une vie grandiose tandis qu'au-dehors le paysage défile. Le soleil déclinant dore les champs, les animaux paisibles. À la place du mort, Léa chantonne. Je roule vers mon père et c'est sans doute la dernière fois.

Léa

Je leur ai dit que c'était pas la peine. Mais ils sont là quand même : Gabriel et Chloé, se tenant la main sur le parking du Leclerc. J'imagine qu'ils voulaient me faire la surprise. Une double surprise. Leur présence. Et le couple qu'ils forment dorénavant. Comment Chloé a-t-elle pu me cacher un truc pareil ? En tout cas elle met beaucoup d'énergie à faire en sorte que je comprenne bien qu'ils sont ensemble et que même si ça ne date que de quelques jours, c'est du sérieux. Elle doit avoir peur que je juge Gabriel. Que je lui trouve un cœur d'artichaut, comme disait ma grand-mère. Je l'ai toujours connu amoureux de moi. Et j'ai toujours fait semblant de ne pas le remarquer. Pour ne pas le perdre. Parce que, au fond de moi, je me disais que s'il finissait par retenter sa chance et que je le repoussais à nouveau, cette fois c'en serait fini de notre amitié. J'ai vu ça tant de fois autour de moi. Comment deux amis peuvent se perdre, quand l'un des deux souhaiterait qu'ils s'aiment un peu plus que bien.

On se dirige vers chez moi. Chloé surveille Gabriel du coin de l'œil. Elle est sur ses gardes on dirait. Elle craint sûrement qu'il replonge en me voyant. Et durant tout le trajet elle ne cesse de m'interroger sur Nathan. Comme pour bien signifier à Gabriel que je suis déjà prise, ou sur le point de l'être. Je ménage le suspense. Oui, Nathan a bien tenté sa chance mais je ne suis pas intéressée. Je l'aime bien mais il est trop vieux pour moi et puis j'ai quelqu'un d'autre en tête. Quelqu'un de mon âge. Je ne mentionne pas Simon. Je laisse planer le doute. Regarde plusieurs fois Gabriel dans les yeux. Ostensiblement. Juste pour emmerder Chloé. Je ne sais pas ce qui me prend. C'est pas mon genre. Mais elle m'agace un peu, là, tout de suite. Sans doute parce que j'aurais préféré rentrer chez moi seule. Parce que je n'ai pas envie de les avoir dans les pattes au moment de retrouver Antoine. Mais très vite, je me rends compte que je me goure sur toute la ligne. Ils n'ont jamais eu l'intention d'interférer dans nos retrouvailles. Sans même que je le leur demande, ils me laissent devant la maison et se dirigent vers celle de Chloé. Sa mère et son frère sont absents pour la soirée. Ils ont le champ libre, si je vois ce qu'ils veulent dire. Je vois très bien. Et les remercie d'être venus me chercher et de m'avoir accompagnée. On se dit à plus tard, dans la soirée sûrement, si ça leur chante et qu'ils se lassent de leurs galipettes, comme disait mon grand-père. Ils pourront rappliquer pour le dessert. Les parents n'y verront sans doute aucun inconvénient. Rien ne les réjouit tant que de voir la maison pleine.

J'entre sans sonner. Mes parents bavardent avec Antoine dans le salon. Et en le voyant devant moi, bien vivant, me souriant, plâtré ici et là, blanc comme un linge mais bien vivant, bien revenu de l'outre-monde, je craque. Tout lâche. Mes nerfs. Mes larmes. Mon cœur. Mon père se lève, les yeux mouillés lui aussi, et me serre contre lui. Ma mère nous rejoint. Puis Antoine. Et on reste longtemps comme ça, à se pleurer dessus, à rire sans raison, enlacés, unis, indémêlables. Au bout d'un long moment, on finit par se détacher les uns des autres. Mes parents filent à la cuisine pour s'atteler à la préparation du repas. Antoine et moi on se pelotonne sur le canapé, comme quand on était petit. Je passe mon bras autour de son épaule et nos têtes se touchent. Il est plus grand que moi depuis deux ans déjà, l'enfant qu'il a été a pratiquement déserté son visage, il a presque l'air d'un jeune homme mais c'est toujours mon petit frère. Celui qui venait me rejoindre dans mon lit quand il avait fait un cauchemar. Celui à qui je lisais des histoires. Celui qui me racontait tout ce qui lui passait par la tête. Ses journées à l'école, les grandes épopées, dans lesquelles il engageait ses Lego et ses Playmobil durant plusieurs semaines parfois, les jeux imaginaires qu'il s'inventait dans le secret de son cerveau et en général je n'y comprenais rien et décrochais au bout de cinq minutes tout en lui certifiant que oui, bien sûr je l'écoutais. Celui avec qui plus tard je regardais des séries sur le canapé du salon, emmitouflés sous une couverture blanche qu'il appelait son « mouton ». Avec qui je lisais des BD et il s'énervait toujours un peu parce que j'avançais moins vite que lui et qu'il était impatient de connaître la suite quand je préférais m'attarder sur la beauté des dessins. Celui qui venait me consoler quand ça n'allait pas, quand la déprime et les angoisses m'engloutissaient. C'est un drôle de renversement d'ailleurs. D'aussi loin que je me souvienne il a toujours endossé le rôle du protecteur pour moi. Comme il le faisait toujours pour tout le monde. Hugo. Mes parents, même, dont la moindre saute d'humeur, le moindre coup de mou l'inquiétaient. Il a toujours été tellement tourné vers les autres. Tellement solaire. Tellement à s'occuper de tout le monde. Quelquefois je me demande : et lui ? Qui s'occupe de lui, dans le fond ? Parfois il me semble lire sur son visage une tristesse, un signe d'anxiété mais toujours il élude. Oui, bien sûr que ça va. Et il enchaîne sur une blague, une taquinerie, et me lance son grand sourire qui doit faire fondre toutes les filles au collège, et peut-être même quelques garçons.

Nous sommes assis l'un contre l'autre, serrés et nous n'avons pas besoin d'autre chose. Pas besoin de nous parler. Nous l'avons fait par téléphone pendant des heures ces derniers jours. Il m'a raconté les grandes plaines blanches, les grands champs de neige, mamie qu'il a croisée à plusieurs reprises, les voix qui lui parvenaient sans qu'il puisse déterminer d'où elles venaient vraiment, les silhouettes floues qui se baladaient au loin, la sensation de bien-être, la douceur, la perte de la notion du temps, un présent pur. Il m'a parlé du réveil. Des douleurs. Des souvenirs manquants. De sa difficulté à revenir vraiment, comme si une petite part de lui était toujours là-bas. Je lui ai raconté ma vie à la fac, Simon, notre premier baiser, Nathan qui prétend être entré en connexion avec lui et il a acquiescé.

— Un grand type aux cheveux noirs et vêtu de sombre ? Oui je l'ai vu, lui aussi.

Ça m'a séchée qu'il me dise ça. Je lui ai envoyé une photo de Nathan et il a confirmé. Oui c'était lui. Trait pour trait. Il en était d'autant plus sûr que c'était le seul inconnu qu'il se rappelait avoir croisé dans son paradis blanc comme il l'appelait. Putain. Je n'en suis pas revenue. Nathan n'inventait rien. Il pouvait vraiment entrer en connexion avec des gens dans leur sommeil. Et personne ou presque ne le croyait. Et il vivait avec ça. Cette capacité extraordinaire qui le faisait juste passer pour un dingue quand il en parlait. Même dans un livre personne ne voulait y croire. Et il allait devoir y renoncer dans son propre roman. Comme on renonce à une part de soi-même. Comme on l'enfouit au plus profond parce qu'on la sait inacceptable, irrecevable. Un don qui fait de nous un monstre ou un fou. Seul Antoine pouvait y croire. Parce qu'il l'avait vu. Il l'avait vu pénétrer ses rêves. Ils s'étaient rencontrés dans les profondeurs de leurs cerveaux respectifs, reliés par je ne sais quelles ondes, je ne sais quel fluide. J'ai pensé qu'il faudrait qu'ils se rencontrent pour de vrai maintenant. Que ça ferait du bien à Nathan. Qu'il en avait sans doute besoin. Que ça apaiserait quelque chose en lui. Le réconcilierait avec lui-même. Lui ôterait de la tête l'idée qu'il est dingue, mythomane compulsif, un menteur qui croit à ses propres mensonges.

Antoine et moi, nous n'avons plus grand-chose à nous apprendre. Et puis nous avons le temps maintenant. Il est revenu et nous avons toute la vie devant nous. Pour le moment, ce qui importe c'est de nous serrer l'un contre l'autre. Le reste est accessoire.

Soudain nous entendons la sonnerie retentir.

— Ça doit être Hugo, m'annonce Antoine, et son visage reprend subitement des couleurs.

Une lueur étrange traverse son regard. Je me lève pour ouvrir.

hugo

C'est sa sœur qui m'ouvre la porte. Derrière elle, je l'aperçois sur le canapé du salon. J'entends ses parents dans la cuisine. Léa me dit d'entrer. Je lui souris. Tente de ne rien laisser paraître. Même si j'ai failli annuler. Même si j'ai été à deux doigts de ne pas venir. Je ne savais pas si j'aurais la force. Tout était tellement embrouillé dans ma tête. Ce qui venait de se produire avait été tellement éprouvant. J'étais au bord de craquer. J'avais peur de me laisser submerger. De ne plus rien contrôler.

Je suis rentré du collège vers dix-sept heures. Et les flics étaient chez moi. Il y avait deux voitures garées devant la maison. Par la fenêtre du salon, j'ai aperçu ma mère en train de discuter avec trois policiers. Je n'ai pas compris ce qui se passait. J'ai ouvert discrètement et suis resté un moment dans le couloir à écouter ce qui se disait. Ma mère parlait d'un petit accident sur le parking du Leclerc. Un type avait reculé sans la voir et avait légèrement percuté l'avant de sa voiture. Il avait refusé de signer le constat et profité de la confusion pour se barrer. Elle n'avait pas pensé à noter le numéro d'immatriculation.

— Et vous étiez seule dans cette voiture ?

— J'étais avec mon fils.

— Il pourra nous le confirmer ?

— Oui. Bien sûr. Il ne devrait pas tarder à rentrer.

Sa voix tremblait un peu. J'ai senti mes jambes se dérober sous mon poids. La tête me tournait. Je me suis glissé dans la cuisine, puis j'ai ouvert la porte du garage. Je n'y mettais jamais les pieds. Ça avait été si longtemps le domaine de papa. Il y avait ses outils, son établi. Il pouvait passer des après-midi entiers là-dedans, à bricoler. Il était doué de ses mains. Fabriquait des meubles, sculptait dans le bois des pièces abstraites qu'il incrustait de petites pierres et d'émaux colorés. Juste pour le plaisir. Maman n'avait touché à rien depuis sa mort. Il y avait même son dernier travail en cours. Un petit bureau qu'il était en train de retaper. Entrer là-dedans ça me plantait toujours des morceaux de verre dans le cœur. Maman, elle, n'y passait qu'en coup de vent, quand elle sortait ou rentrait la voiture mais c'était rare, elle n'avait jamais aimé conduire, préférait marcher, faire du vélo ou prendre le bus. Elle ne s'en servait que pour les courses au supermarché toutes les deux ou trois semaines. Et quand elle sortait le soir, ce qui était rare.

La Renault était sagement garée à sa place habituelle. J'ai regardé s'il y avait le nom du modèle quelque part à l'arrière. C'était marqué Clio. J'ignorais de quelle année elle datait. Je ne me suis jamais intéressé aux voitures. Je n'ai jamais été de ces enfants qui connaissent toutes les marques et tous les modèles sur le bout des doigts, ni de ces adolescents qui en dessinent sur leurs cahiers pour tromper l'ennui pendant les cours, et se rêvent designers ou pilotes de course. Et puis de toute façon elle était bleu turquoise. J'ai fait le tour de la bagnole. À l'avant, du côté droit, la calandre était un peu déboîtée. Un phare avait volé en éclats. Et la tôle était légèrement enfoncée. Sur la carrosserie, rayée à plusieurs endroits, des petits bouts de peinture bleu turquoise avaient sauté. Elle s'écaillait aussi légèrement sur les bords. Je me suis approchée. J'ai gratté un peu. En dessous, j'ai vu un peu de gris affleurer. Et là ça m'est revenu : j'ai revu mon père annoncer à ma mère qu'il lui avait trouvé une voiture. Une super occase. Immanquable. Ma mère avait répondu OK, c'est chouette mais je te préviens, si j'ai une voiture à moi, même si c'est pas une neuve, je veux pouvoir choisir la couleur.

— Bien sûr chérie. Je la ferai repeindre si la teinte d'origine ne te convient pas. Quelle couleur tu veux ?

— À ton avis ?

— Bleu turquoise je parie.

Mon cœur s'est mis à battre à mille à l'heure dans ma poitrine. J'ai entendu des voix s'approcher. Ils étaient maintenant dans la cuisine. Une simple porte nous séparait. Ma mère leur a proposé un café, un thé, un verre d'eau. Ils ont dit OK pour un verre d'eau et j'ai entendu le robinet couler. J'ai essayé de mettre un peu d'ordre dans mes pensées. De ne pas tirer de conclusions hâtives. Après tout, les experts avaient identifié une Clio grise. Ça voulait dire que c'était des bouts de peinture grise qu'ils avaient retrouvés sur les lieux de l'accident. Si ma mère était en cause, ils auraient recueilli des éclats de turquoise.

Bien sûr, si mon père l'avait fait repeindre, ce n'était sûrement pas avec la peinture de la marque. Et dans ce cas, elle ne pouvait pas leur servir à identifier le véhicule. Mais c'était un indice encore plus précieux que les éclats gris. Pourquoi l'auraient-ils gardé pour eux? Pourquoi n'en auraient-ils pas tenu compte? Une Clio grise récemment accidentée, il y en avait forcément des dizaines, peut-être des centaines en France. Mais une Clio grise repeinte en bleu turquoise accidentée… Et puis je me suis souvenu d'un détail. Le vélo d'Antoine était bleu turquoise lui aussi. Les flics, en trouvant les petits éclats de peinture, avaient peut-être pensé que ça venait du vélo. Je réfléchissais à ça en faisant le tour de la voiture, j'étais tellement perdu dans mes réflexions, concentré sur la conversation qui se jouait dans la pièce d'à côté où maman expliquait à la police qu'elle n'avait pas effectué les réparations nécessaires pour le moment faute d'argent, que je n'ai pas vu la tondeuse qui dépassait. Je me suis pris les pieds dedans, ai tenté de me raccrocher à ce que je pouvais pour ne pas tomber. J'ai fini par faire chuter un seau de peinture. Ça a fait un bruit pas possible. J'ai entendu ma mère demander à voix haute ce qui se passait, qui était dans le garage?

Quand j'ai fait irruption dans la cuisine je l'ai vue blêmir. À son regard j'ai compris qu'elle savait que j'avais tout entendu. J'étais au courant pour sa voiture abîmée. Et je savais qu'elle venait de mentir aux flics avec son histoire d'accident sur le parking du Leclerc. Je n'avais jamais été à ses côtés dans la bagnole sur le parking à la date qu'elle leur avait indiquée. De toute façon ça faisait des mois que je ne l'avais pas accompagnée pour faire les courses. Non. Jamais je n'avais été assis sur le siège passager tandis qu'un type reculait et percutait la Clio de ma mère.

— Ah, et bien voilà mon fils, justement, a fait maman d'une voix qui camouflait mal sa nervosité.

Les policiers m'ont salué et m'ont demandé s'ils pouvaient me poser quelques questions. Il ne fallait pas que je m'inquiète. Il s'agissait juste de petites vérifications dans le cadre d'une enquête. Est-ce que je pouvais leur confirmer que j'étais bien avec ma mère le jour où une voiture lui était rentrée dedans sur le parking du Leclerc ? Au ton sur lequel ils posaient leurs questions j'ai bien vu qu'ils ne la soupçonnaient pas sérieusement. Peut-être n'avaient-ils pas inspecté la voiture de près. Peut-être n'avaient-ils pas discerné la couche de gris sous le bleu turquoise. Peut-être ma mère leur avait-elle dit qu'il y avait méprise, que sa voiture n'était pas grise mais bleu turquoise, qu'il devait s'agir d'une erreur de transcription sur la carte grise, une étourderie de l'employée qui avait procédé à l'enregistrement de l'immatriculation au fin fond des bureaux préfectoraux et ils l'avaient crue et n'étaient pas allés chercher plus loin. Peut-être étaient-ils sous son charme, hypnotisés par la beauté de ses grands yeux verts, dont mon père disait toujours qu'ils étaient les plus beaux qu'il ait jamais vus, amadoués par sa voix douce, rassurés par son métier de soignante. Qu'est-ce que j'en savais ? En tout cas ils ne demandaient qu'à la croire. Ils ne demandaient qu'à m'entendre confirmer ses propos. Ce que j'ai fait, bien sûr. Oui j'étais bien sur le siège passager quand une voiture avait reculé et nous était rentrée dedans. Non, le choc n'avait pas été violent. Je n'avais rien eu. Oui, c'est vrai, j'avais eu de la chance. Oui c'était bien à la date que leur avait donné ma mère que ça s'était produit. Non, je ne me souvenais pas de la marque de la bagnole qui nous avait emboutis.

— Les voitures, moi, vous, savez, j'y connais rien.

— Ah bon ? C'est rare chez les garçons, a fait remarquer un des flics.

Je n'ai pas relevé. Mais ça ne m'a pas étonné non plus, d'entendre ce genre de trucs dans la bouche d'un keuf. Après tout, ils n'étaient pas vraiment réputés pour leur finesse. Et ceux-là avaient l'air particulièrement gratinés. Je suis monté dans ma chambre sans demander mon reste. Je suis resté un moment l'oreille collée à la porte. En bas, l'entretien touchait à sa fin. Les flics parlaient d'Antoine.

— C'est un bon copain de votre fils, je crois, a dit un des flics.

— Oui c'est vrai, a répondu ma mère. Ils sont comme des frères. Inséparables depuis l'école primaire.

— Vous devez être tellement soulagée qu'il se soit réveillé…

— Ah oui. On a eu si peur. Et maintenant… Savoir qu'il va bien. Qu'il s'en est finalement sorti sans trop de séquelles, c'est… On respire. On revit…

Après quoi les flics ont quitté la maison. Je les ai regardés regagner leurs voitures et s'éloigner. Je me suis allongé sur mon lit. J'ai fermé les yeux pour tenter d'y voir clair. Après tout c'était peut-être moi qui m'étais fait un film. Peut-être que sous la couche de peinture toutes les voitures étaient grises. C'était la couleur du métal après tout. Peut-être que la voiture avait toujours été bleu turquoise et que papa avait fait marcher maman en lui faisant croire qu'il allait la faire repeindre juste pour ses beaux yeux. Peut-être que c'était précisément parce qu'elle était bleu turquoise qu'il l'avait achetée. Une occasion à ne pas manquer. Une voiture en bon état. Pas trop chère. Dans la couleur que tu aimes tant mon amour. Il ne faut pas passer à côté. Peut-être que dans l'ennui des bureaux de la préfecture un employé avait tapé « grise » ou lieu de « bleu turquoise ». Quelque chose l'avait distrait, un appel téléphonique d'un de ses enfants, une blague d'un collègue, une fille canon qui traversait le service et il s'était trompé. Ça pouvait arriver à tout le monde. Mais alors pourquoi maman avait-elle menti au sujet de l'accident qui expliquait l'état de sa voiture ? Et pourquoi m'avoir mentionné comme témoin ? Et pourquoi jamais ne m'avait-elle parlé d'un quelconque incident ? Et son insistance pour aller au cinéma à pied la semaine dernière ? Comment tout cela pouvait-il se résumer à tout un tas de coïncidences.

J'ai entendu toquer à ma porte. Ma mère est entrée sans attendre ma réponse. Elle s'est immobilisée sur le seuil. Elle semblait si petite, si désarmée. Son visage était livide. L'expression de son visage égarée. Elle a fini par s'approcher de moi. Ses lèvres tentaient d'articuler des mots inaudibles. J'ai fini par comprendre ce qu'elle disait. Pardon. Elle me demandait pardon. Je suis resté sans réaction. J'étais tellement abasourdi. Je l'ai laissée s'allonger contre moi. Elle a pleuré longtemps. Son corps tremblait. Elle hoquetait tandis que je caressais ses cheveux. Répétait qu'elle ne savait pas ce qui s'était passé ce soir-là. Comment ça avait pu arriver. Elle avait un peu bu en rentrant du travail. Pour se mettre dans l'ambiance avant de retrouver ses copines. Elle y était allée un peu fort parce qu'elle se sentait triste. La journée avait été dure à l'hôpital. Et puis il y avait des jours comme ça où la mort de papa lui revenait en pleine poire et la sciait en deux. Elle était un peu ivre, c'est vrai, quand elle avait pris le volant. Mais elle se sentait capable de conduire. Elle pensait avoir l'esprit suffisamment clair. Par précaution, elle avait décidé de couper par la forêt parce qu'il y avait moins de circulation. Et puis Antoine avait surgi de nulle part sur son vélo et elle avait paniqué. Elle était sous le choc. Elle avait bien vu que c'était lui, inanimé sur le bord de la route. Il faisait presque nuit mais dans la lueur des phares elle l'avait reconnu. Lui. Le meilleur ami de son fils. Elle s'était dit : et s'il est mort ? Elle n'était pas descendue de sa voiture, elle n'avait pas cherché plus loin elle s'était dit : et si je l'ai tué ? Elle n'avait pas réfléchi, elle avait pris la fuite. Elle avait honte mais c'est ce qu'elle avait fait. Elle ne se l'expliquait pas. Elle était ivre. Elle avait renversé un cycliste. Et c'était Antoine. Elle l'avait tué. Elle irait en taule c'est sûr. Elle irait en taule et je serais pris en charge par l'ASE, je me retrouverais en foyer ou en famille d'accueil. Elle irait en taule et jamais je ne lui pardonnerais d'avoir pris le volant dans cet état et d'avoir renversé mon meilleur ami. Elle avait vu tout ça défiler sous son crâne, et elle avait paniqué. Au bout d'un moment, elle avait fait demi-tour, elle avait voulu retourner auprès de lui mais il y avait une voiture garée près de son corps et à côté, un type qui téléphonait et appelait sûrement les secours, la police. Elle était repartie, elle n'était pas allée à sa soirée finalement, elle avait roulé dans la nuit, en panique mais essayant de se persuader qu'elle avait bien fait en définitive. Quelqu'un s'occupait d'Antoine. S'il était vivant, on viendrait le secourir. Et personne ne saurait jamais que c'était elle qui l'avait renversé. Elle n'irait jamais en taule. Je ne serais pas confié à l'ASE ou quoi que ce soit de ce genre. Je ne la haïrais pas jusqu'à la fin des temps. Nos vies ne seraient pas brisées. Elles l'avaient déjà été. Elles ne pouvaient l'être plus encore.

— On a déjà tellement souffert, tu comprends, mon chéri. On a déjà tellement souffert.

Elle a parlé longuement comme ça, la bouche pleine de sanglots. Elle avait fini par rentrer à la maison et s'était écroulée de sommeil. Ce n'est que le lendemain matin qu'elle avait vraiment réalisé ce qu'elle avait fait. Et puis en arrivant à l'hôpital on lui avait dit : il y a un jeune qui est arrivé cette nuit en réanimation. Il est dans le coma. Je crois qu'il est dans le même collège que ton fils. Tu le connais peut-être.

Peu à peu, elle s'est calmée. Le débit de sa voix s'est fait plus lent. Au bout d'un moment j'ai compris qu'elle s'était assoupie. Je me suis dégagé doucement. J'ai regardé l'heure. J'allais être en retard si je ne partais pas. Les parents d'Antoine étaient les gens les plus cool du monde mais son père était pointilleux question cuisine. Le temps de cuisson, c'est le nerf de la guerre, il répétait tout le temps. Et il détestait qu'on ne soit pas tous à table au moment précis où il sortait son plat du four ou éteignait le feu sous sa cocotte. J'ai attrapé mon sweat sur la chaise de mon bureau et j'ai éteint les lampes avant de quitter ma chambre. Une fois dehors, j'ai récupéré mon vélo que j'avais laissé contre la porte du garage. La présence des flics m'avait tellement surpris que je n'avais pas pris le temps de mettre l'antivol. Une chance qu'on ne me l'ait pas chouré. Antoine s'était fait voler le sien il y a quelques mois à cet endroit précis. Pourtant il n'était resté à la maison qu'un instant, le temps de récupérer des mangas. C'est comme ça qu'il s'était retrouvé avec ce vélo bleu turquoise qui avait appartenu à son père. Un Gitane de course antique, qui datait de l'époque où son vieux s'entraînait tous les dimanches matin avec son oncle. Toujours en parfait état mais pas vraiment fait pour les chemins de forêts. Antoine s'en foutait. Il roulait dans la terre, montait sur les trottoirs. Les deux roues étaient complètement voilées et les patins frottaient à chaque tour de pédalier. Mais ça ne l'empêchait pas de me prendre parfois sur le porte-bagages qu'il avait posé exprès pour moi, et de se prendre tous les creux possibles pour que j'aie mal au cul. J'ai roulé au ralenti. Je n'avais plus de force dans les jambes. Et du mal à tenir l'équilibre. Mes bras tremblaient et mes mains moites glissaient sur le guidon. Je suis quand même arrivé à destination. J'ai hésité longuement avant de sonner. Je me bouffais les ongles en attendant qu'on m'ouvre. Et c'est Léa qui m'a accueilli.

Ça me fait tellement bizarre de voir Antoine dans le canapé du salon comme avant. Pourtant il n'est pas resté si longtemps que ça dans le coma en définitive. Mais ça me semble avoir duré des années. Dater d'une autre vie.

Très ancienne. Il me voit enfin et m'adresse son grand sourire radieux.

— Ça va, mon pote ? T'as l'air crevé, il me lance au moment même où son père fait irruption dans le salon, un plat fumant entre les mains, et annonce qu'on va passer à table.

antoine

Hugo a été bizarre pendant tout le repas. Ses yeux furetaient un peu partout, comme s'il cherchait une issue de secours. Mais je crois que j'ai été le seul à le remarquer. Les parents avaient l'air heureux. Léa aussi. Et j'ai fait comme toujours. J'ai affiché mon plus beau sourire et j'ai fait comme si tout allait bien. J'ai ri quand il fallait rire. Blagué pour entretenir l'ambiance. Taquiné Léa quand elle a annoncé aux parents qu'elle avait un petit copain depuis quelques jours. Elle ne savait pas si c'était vraiment sérieux mais oui, ça la rendait heureuse pour le moment. Ils l'ont mitraillée de questions. T'as une photo ? Il est comment ? Il a quel âge ? Il est à la fac avec toi ? Il habite où ? Ses parents font quoi dans la vie ?

Au moment du dessert, Chloé et Gabriel se sont pointés et j'ai enfin pu baisser un peu la garde. Avec Léa ils ont assuré l'essentiel de la discussion. Assez vite ils ont lancé une partie de Blanc-manger Coco. Les rires fusaient. Les bouts de phrases assemblées créaient des associations toutes plus graveleuses et incorrectes les unes que les autres, sauf celles de ma mère qui se cantonnait à des trucs mignons et nous regardait, affligée, rire aux trucs les plus vulgaires, incorrects, misogynes, sexuels ou racistes. Ma mère est si pudique. Et tellement sourde au second degré, à la provocation, à l'outrance. Je crois que je ne l'ai jamais entendue prononcer un mot grossier. Ou faire une allusion sexuelle. Je me demande si elle a toujours été comme ça. Mesurée en toutes choses. Feutrée. Pondérée. Rétive à l'ironie et au sarcasme. Pudique à mort. Je me demande si ça a toujours été si facile de la choquer. À part elle, il n'y avait qu'Hugo qui ne riait pas franchement. D'ailleurs il n'a pas gagné un seul tour. À la fin de la partie, Léa et ses potes ont mis de la musique et ont commencé à bavarder entre eux sur le canapé. Les parents se sont repliés dans la cuisine où ils ont commencé à tout ranger. Et Hugo et moi on est montés dans ma chambre. Il avait toujours autant l'air à côté de ses pompes.

— Ça va? je lui ai demandé, et j'ai senti qu'il hésitait à vraiment me répondre.

Il a éludé et a commencé à fouiller sur l'ordi. Il voulait essayer une nouvelle série, dont on lui avait beaucoup parlé. Je l'ai interrompu.

— Il faut que je te parle de quelque chose.

Il a blêmi. Je ne sais pas ce qu'il craignait d'apprendre. Mais ça se voyait qu'il redoutait ce que j'allais dire. J'ai continué.

— Hier il s'est passé un truc. Des images me sont revenues.

— Des images? Des images de quoi?

— Enfin non. C'est pas des images. C'est plutôt… Des souvenirs. Des souvenirs de l'accident.

Je l'ai vu se raidir tout à coup. Il a quitté des yeux l'ordinateur et s'est levé. Je ne sais pas pourquoi. On aurait dit que lui non plus. Il avait l'air complètement désorienté. Perdu. Comme s'il ne savait plus où il était. Puis il m'a fixé longuement et m'a dit qu'il fallait qu'il me parle, lui aussi. Qu'il avait quelque chose de grave à m'avouer. Mais je ne l'ai pas laissé poursuivre.

— Attends, je l'ai interrompu. C'est important ce que j'ai à te dire. Et je ne sais pas comment formuler ça. Mais il n'y a qu'à toi que je puisse le confier. À toi seul. Il le faut. Sinon ça restera toujours en moi comme un poison et je veux m'en débarrasser. Je veux m'en débarrasser une fois pour toutes.

Il s'est rassis. Il me fixait intensément. Et je me suis lancé.

— Voilà... Je... Je l'ai fait exprès.

— Quoi ? Qu'est-ce que t'as fait exprès ?

— Je l'ai fait exprès. Je me suis fait renverser exprès. Je me souviens, maintenant. La voiture, je l'ai vue arriver. Mais j'ai pas ralenti. J'ai accéléré. Et j'ai fermé les yeux.

Il semblait abasourdi. Il était au bord des larmes. Sa main tremblait. Je l'ai prise dans la mienne. Il serrait ses mâchoires à se les faire exploser. On aurait dit qu'il était sur le point de craquer.

— Mais... Mais pourquoi ?

— Pourquoi ? J'en sais rien. C'était une impulsion.

— T'as... T'as voulu mourir ?

— C'est possible.

— Mais pourquoi ?

— Pour que tout s'arrête.

— Tout quoi ?

— Je sais pas. L'angoisse. La douleur à l'intérieur. Ce bourdon permanent dans ma tête. Ce poids sur ma poitrine en permanence.

— Mais qu'est-ce que tu racontes ? T'es le mec le mieux dans sa peau que je connaisse.

— Arrête. Tu sais bien que c'est pas si simple. C'est ce que tout le monde croit. Ce que je m'efforce de faire croire. Mais c'est pas si facile, tu sais. Ça l'est pour personne. Et surtout pas pour toi. Mais pour moi non plus ça l'est pas. C'est comme ça depuis toujours. J'ai toujours donné le change mais à l'intérieur je suis en vrac tu sais. En mille morceaux. J'ai peur de tout.

— Et tu crois que ça vient d'où ?

— J'en sais rien. C'est peut-être ça le pire. J'ai tout pour être heureux. Je sais que je suis pas trop moche. En général les gens ne me trouvent pas trop con. Mes parents sont super. J'ai une sœur que j'adore et qui me le rend bien. Un ami génial. Je manque de rien. Toi, t'aurais de vraies raisons d'aller mal. Avec ton père et tout ça… Mais moi, y a rien qui puisse expliquer comment je me sens en dedans. Pourquoi tout m'angoisse à ce point. Pourquoi je souffre en permanence comme ça. Cette douleur insupportable qui m'empêche de respirer. Cette tristesse si lourde à porter. Cette tristesse de plomb.

— Et maintenant ?

— Maintenant ? Je crois que ça va. Tu vas trouver ça dingue mais je crois que j'avais besoin de ça. Besoin de frôler la mort pour comprendre à quel point je tiens à la vie. À quel point ça vaut le coup de me battre pour continuer coûte que coûte. Même si je dois passer mon temps à me ronger le cœur et le cerveau. Même si j'avoue, c'était reposant d'être là où j'étais. Même s'il va falloir que je me batte pour pas avoir envie d'y retourner.

Un grand silence s'est installé. Je tenais toujours sa main dans la mienne. Il avait l'air bouleversé. Je lui ai demandé :

— Et toi alors ? C'est quoi cette chose si grave que tu avais à me dire ?

Mais je ne l'ai pas laissé se lancer.

— Attends. Je crois que j'ai deviné. Je crois que je sais ce que c'est. C'est ça, non ?

Et j'ai posé mes lèvres sur sa bouche.

Entrez
dans un
nouvel
R

avec les autres romans
d'Olivier Adam
dans la collection :
La Tête sous l'eau
Les Roches rouges

Ce livre existe grâce au travail de toute une équipe.

Communication : Caroline Babulle, Sandrine Perrier-Replein, Typhaine Maison, Adélaïde Yvert.

Coordination éditoriale et administrative : Céline Poiteaux, Martine Rivierre.

Studio : Pascaline Bressan, Barbara Cassouto-Lhenry, Joël Renaudat.

Fabrication : Muriel Le Ménez, Céline Ducournau, Bernadette Cristini, Phousa Chantharath, Isabelle Goulhot, Émilie Lapan (Canada).

Correction : Emmanuelle Coppeaux, Valérie Gautheron.

Commercial, relation libraires et marketing : Laetitia Beauvillain, Alexandra Profizi, Élise Iwasinta, Morgane Rissel, Aurélie Scart, Clément Vekeman.

Cessions de droits : Isabelle Votier, Benita Edzard, Lucile Besse, Sonia Guerreiro.

Gestion : Sophie Veisseyre, Chloé Hocquet, Isabelle Déxès, Camille Douin.

Services auteurs : Viviane Ouadenni, Jean-François Rechtman, Catherine Reimbold.

Ressources humaines : Mylène Bourreau.

Juridique : Laëtitia Doré, Anaïs Rebouh, Valérie Robe, Jean-Benoît Vassogne, Julia Crosnier.

Diffusion : Aurélia Spalacci (directrice des ventes), Nadine Eugénie, Céline Pitt, Arnaud Weill, Hervé Adamczyk, Annie Bourgade, Éric Charpentier, Gilles Couillard, Sandrine Ducrocq, Élisabeth Ehlinger, Guillaume Loras, Jean-Philippe Pilloux, Philippe Maulnier, Gilles Torché, Élisabeth Gastaldo, Jean-Pierre Stephany (Belgique), Olivier Béguin (Suisse), Jean Bouchard et Marie-Ève Provost (Canada), Emmanuelle Cadot, Virginie Godet et Caroline Pan.

Ainsi qu'à toutes les équipes d'Interforum et d'Editis qui participent à la création, la diffusion et la distribution de ce livre.

Canoros Vehit Canentes

La photocomposition de cet ouvrage
a été réalisée par
GRAPHIC HAINAUT
30, rue Pierre Mathieu
59410 Anzin

Imprimé en France par CPI
en septembre 2021

MIXTE
Papier issu de sources responsables
FSC® C003309

L'éditeur de cet ouvrage s'engage dans une démarche de certification FSC® qui contribue à la préservation des forêts pour les générations futures.

Pour en savoir plus :
www.editis.com/engagement-rse/

N° d'édition : 62487/01 – N° d'impression : 3044907